w e g

Kurzgeschichten von

Beate Fuhrmann

Beate Fuhrmann

weg

Kurzgeschichten

Bibliografische Information der Deutschen
Nationalbibliothek:
Die Deutsche Nationalbibliothek verzeichnet diese
Publikation in der Deutschen Nationalbibliografie;
detaillierte bibliografische Daten sind im Internet über
http://dnb.dnb.de abrufbar.

Herstellung und Verlag: BoD – Books on Demand,
Norderstedt

ISBN: 9783755712428

Nein,
es gibt keine Zufälle.
Es geschehen immer
genau die Dinge,
die wir brauchen,
um die Erfahrungen
zu machen,
an denen wir wachsen.

(Beate Fuhrmann)

Inhalt

weg

Er war weg. Die Erkenntnis traf mich ziemlich plötzlich und ich überlegte, wann ich ihn zuletzt gesehen hatte. Ich hatte gerade meinen Papiermüll in die blaue Tonne geleert und meinen Blick über den Innenhof schweifen lassen, das kleine rote Fahrrad registriert, das Jonas wieder einmal achtlos liegengelassen hatte, und die welken Blätter, die schmutzig und nass übriggeblieben waren; ich hatte hochgeschaut zu einem sehr grauen Himmel, der das Licht fernhielt, aber keinen Regen versprach, und während mein Blick die Fenster streifte, dachte ich unvermittelt: er ist weg. Und ich konnte nicht sagen, wann ich ihn das letzte Mal gesehen hatte. Eine ganze Weile schon nicht mehr. Nicht nur ein paar Tage. Wochen. Es waren Wochen. Sein Fenster lag im ersten Stock, es war geschlossen, eine nicht mehr ganz so weiße Gardine bedeckte die obere Hälfte der Scheibe. Also ist er nicht ausgezogen, dachte ich. Aber vielleicht doch? Gardinen kann man ja auch hängenlassen. Und ich hatte es nicht bemerkt? Ohne Abschied? Nein. Keine Blumen auf der Fensterbank. Er hatte keine Pflanzen, das wusste ich, und keine Haustiere. Also brauchte er auch niemanden, der in seiner Abwesenheit die Katze fütterte oder die Fische im Aquarium, keinen, der die Blumen goss. So konnte er einfach weg sein. Musste niemandem Bescheid sagen, niemandem seine Schlüssel geben. Wie lange hatte ich ihn nicht gesehen? Ich dachte an die große Gestalt mit dem wirren Haar. Selbst die lauten schwerfälligen Schritte im alten Treppenhaus hatte ich gar nicht vermisst. Wo konnte er denn sein? In Urlaub? Ich erinnere mich nicht, ob er jemals in Urlaub gefahren war. Gesprochen hatten wir jedenfalls nicht darüber. Dafür war er auch schon zu lange weg, dachte ich, aber wer weiß? Es gibt Menschen, die verbringen die Wintermonate irgendwo im Süden, vielleicht hatte er beschlossen, dass er diesen grauen Winterhimmel hier satthatte, die Kälte, diese nasskalten Tage, die trostlosen kahlen Äste, die wie unordentliche Bleistiftstriche auf einem Blatt Papier den Himmel durchkreuzten, wenn man hochschaute. Ich schaute nicht gerne hoch. Hätte mir Schneemomente gewünscht, dicke weiße Flocken, die alles bedecken und alles verschlucken, vor allem den Lärm, hätte mir lachende Kinder mit dicken Mützen und roten Nasen gewünscht und Schneebälle, die durch die Luft fliegen. Stattdessen Nieselregen. Mürrische Gesichter zwischen den hochgeschlagenen Jackenkragen und unter den Regenschirmen. Nun, heute regnete es wenigstens nicht. Ob er einen Verwandtenbesuch machte? Hatte er Verwandte? Kinder, Geschwister? Ich überlegte. Hatten wir je darüber gesprochen? Wir hatten miteinander gesprochen, ja, aber nicht oft und nur Belangloses, nichts, das jetzt in meiner Erinnerung aufploppte. Verwandte? Ich wusste es nicht. Ich dachte an seine leise Stimme, erstaunlich leise für einen so großen stämmigen Mann, hatte ich immer wieder mal gedacht. Schon so lange lebten wir im selben Haus und ich wusste nichts vom ihm. Nein, ich wusste wirklich so gut wie nichts von ihm. Vielleicht ist er im Gefängnis, dachte ich plötzlich und erschrak über diesen Gedanken. Eine Geldstrafe vielleicht, die er nicht bezahlen kann, stattdessen dreißig Tage Haft. Waren es nicht schon mehr als dreißig Tage? Unsere letzte Begegnung, wann war sie gewesen? Ich dachte an seine starken Oberarme, an das Tattoo auf dem Unterarm. Vielleicht war er ja gar nicht so gutmütig, wie er auf mich immer wirkte. Vielleicht hatten diese Arme zugeschlagen, diese fleischigen

Hände zu Fäusten geballt jemanden verletzt? Du spinnst, sagte eine innere Stimme. Verkehrsdelikt. Etwas geklaut. Dafür geht man nicht ins Gefängnis, sagte diese innere Stimme, diesmal verächtlich. Nein, ich wollte nicht daran denken, Drogen, Betrug, Verhaftung… Krankenhaus, fiel mir ein. Oh Gott, vielleicht war mein Nachbar im Krankenhaus und wir wussten es nicht. Auf der Straße zusammengebrochen, ein Autounfall? Er hatte gar kein Auto. Aber vielleicht war er angefahren worden? Der Gedanke ließ mich nicht mehr los. Krank, verletzt, und keiner, der ihn besuchte, Blumen auf das Tischchen stellte, neben seinem Bett. Wie konnte ich herausfinden, ob mein Nachbar im Krankenhaus war? Sollte ich alle Krankenhäuser anrufen? Und dann? Würden sie mir überhaupt Auskunft geben? Sollte ich mich an die Hausverwaltung wenden? Sollte ich ihn nicht bei der Polizei als vermisst melden? Aber ich war ja nur eine Nachbarin.

Ich dachte an ihn, wenn ich morgens aus dem Haus ging und abends, wenn ich zurückkam. Wenn ich über den Hof ging, sah ich, dass sein Fenster nicht erleuchtet war, und warum war mir das in den letzten Wochen nicht aufgefallen? Ich dachte von nun an ständig an ihn. Beobachtete sein Fenster, das immer geschlossen blieb und abends dunkel; ich hoffte, ihm am Briefkasten zu begegnen, hallo, ja, wir haben uns ja wirklich lange nicht gesehen! Ich lauschte, wenn ich Schritte im Treppenhaus hörte, ob es seine waren, seine schweren Schritte auf den alten Holzstufen. Ich fragte auch die anderen Hausbewohner. Keiner wusste, wo er war. Und keiner erinnerte sich genau, wann man ihn zuletzt gesehen hatte. Mir war kalt bei dem Gedanken an ihn. Vielleicht liegt er tot in der Wohnung, dachte ich ein paar Tage später und war furchtbar erschrocken. Dass ich daran noch nicht gedachte hatte! Man würde es riechen, oder? Ich ging tatsächlich ganz nah an seine Wohnungstür und schämte mich dabei und mir war schlecht – vor Angst. Kein merkwürdiger Geruch. Doch erleichtert war ich nicht. Ich dachte an sein warmes Lächeln, seine ruhige Art, seine graue Lockenmähne. Ich vermisste ihn. Es war merkwürdig, erst hatte ich es ewig nicht bemerkt, dass er weg war, und jetzt dachte ich dauernd an ihn. Als ich eines Morgens eilig die Treppe hinunterlief und er plötzlich vor mir stand, erschrak ich zutiefst. Da war er! Er trug einen kleinen schwarzen Koffer in der Hand und einen grauen Schal um den Hals und auch sein Gesicht wirkte grau. Und müde. Ich blieb stehen und starrte ihn an. Ich war so überrascht, dass ich keine Worte fand. Nein, in Urlaub war er sicher nicht gewesen. Eher Gefängnis oder Krankenhaus und bei den Gedanken schämte ich mich wieder. Wie geht es Ihnen, hörte ich ihn fragen. Ich sagte gut, und dass ich ihn ja lange nicht gesehen hätte und mir schon Sorgen gemacht hätte, es sprudelte jetzt nur so aus mir heraus, von Gefängnis sagte ich natürlich nichts. Ein Unfall, ja, sagte er da. Mit leiser Stimme. Meine Tochter hatte einen Unfall. Ich bin zu ihr gefahren, sofort. Sie lag im Koma. Ich war bei ihr, bis sie endlich wieder aufwachte. Seine Stimme versagte. Er räusperte sich. Sagte nichts mehr. Ich auch nicht. Ich hatte keine Worte. Ich sah, dass der große müde Mann Tränen in den Augen hatte, als er ohne ein weiteres Wort mit schweren Schritten an mir vorbei die Treppe hochging.

Carola

Er hasste Krankenhäuser. Und jetzt saß er hier, auf dem viel zu kleinen Stuhl neben ihrem Bett und starrte abwechselnd auf die weiße Wand und ihr weißes Gesicht auf dem weißen Kopfkissen, rutschte unruhig hin und her, konnte nicht glauben, dass sie es war, die dort lag, regungslos, stumm, schwer verletzt.

Als der Anruf kam, war er sofort aufgebrochen. Verwirrt und aufgeregt und voller Angst hatte er schnell ein paar Sachen in seinen kleinen schwarzen Koffer geworfen, den Mantel übergezogen und den grauen Schal um den Hals gehängt. Es gab niemanden, dem er Bescheid sagen musste, denn er hatte keine Haustiere, die gefüttert werden mussten und auch keine Pflanzen, die vertrocknen könnten in seiner Abwesenheit. Niemanden hatte er getroffen, als er die Wohnung, das Haus verließ und die Straßenbahn zum Bahnhof nahm. Jetzt stand er auf und ging mit schweren Schritten langsam zum Fenster, blickte eine Weile in die Ferne ohne wirklich etwas zu sehen, dann ging er zurück zum Bett, setzte sich wieder auf den Stuhl, der viel zu klein war für einen Mann seiner Größe und betrachte sie. Überall Schläuche, ein Monitor piepste regelmäßig, sie hatte die Augen geschlossen, ein hässliches weißes Pflaster klebte auf ihrer Stirn, es war in der Mitte rot von Blut. Rote Striche verzierten ihre blassen Wangen, es waren Schnitte von den Glassplittern, er wandte den Blick ab, er konnte es nicht länger ertragen. Eine Schwester betrat das Zimmer, kontrollierte die Patientin, hängte eine neue Infusion an, dann sah sie ihn an und sagte mit leiser, freundlicher Stimme auf Französisch zu ihm: „Sie sehen sehr müde aus, wollen Sie sich nicht etwas ausruhen? Wir werden Sie sofort informieren, wenn sich etwas an ihrem Zustand verändert, ganz bestimmt." Er sah sie an, mit trübem Blick und er wusste, sie hatte recht, langsam nickte er, dann richtete er sich auf. Worte hatte er keine, erst recht keine französischen, er fühlte sich seltsam leer, sein Hals fühlte sich kratzig an, er räusperte sich, aber das änderte nichts.

Er ging in das kleine Zimmer, in dem man ihm ein Gästebett hergerichtet hatte, und er war froh, dass er nicht in einem Hotel oder in einer Pension übernachten musste, wo neugierige Leute neugierige Fragen stellten, denn ihm war nicht nach antworten. Er hatte keine Antworten, aber selber so viele Fragen. Er zog seine Jacke und seine Schuhe aus und streckte sich auf dem Bett aus, ohne seine Kleidung abzulegen. Schlafen konnte er nicht. Ihr Gesicht tauchte vor ihm auf, sobald er die Augen schloss. Dieses kleine blasse Gesicht, blutig, so viel Blut hatte sie verloren, mehr tot als lebendig war sie und sein Herz krampfte sich bei diesem Gedanken zusammen. Wie lange hatte er sie nicht gesehen? Monate waren es, nein, Jahre; wie hatte er nur so stur einfach akzeptieren können, dass sie ihn aus ihrem Leben verbannte? Sie hatte sich nicht mehr gemeldet nach dem Streit, und er auch nicht, wütend war sie gewesen, hatte ihn mit Vorwürfen beworfen, Schimpfwörter benutzt, und er hatte sie angesehen, die Hände in den Taschen zu Fäusten geballt und war gegangen. Ja, geh du nur, hatte sie ihm hinterhergerufen, so wie du immer gegangen bist, wenn es schwierig wurde. Und dann war er abgereist und sie hatte sich nicht mehr gemeldet und er auch nicht. Er sollte dort liegen, dachte er, er war alt, aber sie, sie war jung und hatte ihr Leben noch vor sich.

Am frühen Morgen duschte er und dann saß er wieder an ihrem Bett. Sie lag da wie am Tag zuvor, der Monitor piepste wie am Tag zuvor und er fühlte sich müde und leer wie am Tag zuvor. Die Schwester drängte ihn, in der Cafeteria ein Frühstück zu sich zu nehmen, langsam verließ er das Zimmer, lustlos verzehrte er ein Croissant, trank zwei Becher viel zu dünnen Kaffee und dann saß er wieder neben ihr und ganz vorsichtig griff er nach ihrer Hand, legte sie in seine große kräftige, ganz behutsam, betrachtete sie. Diese kleine Hand in seiner, und er schloss die Augen, erinnerte sich, er hörte sie singen, neben ihm war sie auf und ab gehüpft, so fröhlich, ihre Zöpfe hüpften auch auf und ab und sie lachte ihn an, freudestrahlend – das war das richtige Wort, sie war so voller Freude gewesen, sie hatte gestrahlt, immerzu. So oft waren sie spazieren gegangen, ihre kleine Kinderhand in seiner, bis Marie ihre Koffer packte und die Hand des Kindes ergriff, zurück nach Frankreich, und dann waren sie weg gewesen. Die Sonne war aus seinem Leben verschwunden, er sah sie selten, Paris war so weit weg. Und jetzt war sie kein Kind mehr, kein zorniger Teenager, jetzt war sie eine junge Frau und er hatte alles vermasselt, und er würde ihr gerne sagen, wie leid es ihm tat und wie sehr er sie vermisst hatte und wie gerne er eine Zukunft mit ihr hätte, weil es doch so wenig Vergangenheit für sie gegeben hatte, für sie beide zusammen. Er betrachtete Carola wieder, unbeweglich lag sie da, sein kleines Mädchen; er wollte sie um Verzeihung bitten. Dann kam eine Schwester herein, leise; alle waren leise hier, machten ihre Arbeit in Ruhe, eine friedliche Atmosphäre, keine Hektik. Sie war dunkelhaarig, das Haar war hochgesteckt, und sie hatte schokoladenbraune Haut und große schwarze Augen, eine hübsche Frau, dachte er kurz und stand abrupt auf, nickte ihr zu, Merci, sagte er und sie lächelte ihn an und sagte nichts, denn sie sah, dass der große müde Mann Tränen in den Augen hatte, als er ohne ein weiteres Wort mit schweren Schritten an ihr vorbei aus dem Krankenzimmer ging.

So ist sie

Er ist sich nicht mehr sicher, hatte Celine mir zugeraunt, kurz bevor die anderen eintrafen. Ihr Freund Rainer würde später nachkommen. Tamara hatte eine Freundin aus Frankreich mitgebracht, sie war dunkelhaarig, das Haar war hochgesteckt, und sie hatte schokoladenbraune Haut und große schwarze Augen, eine hübsche Frau, aber sie wirkte schüchtern und sprach nicht gut deutsch. Aber ansonsten war es wie eigentlich immer, ich saß neben Michael, Celine gab den Ton an, sie bestimmte das Thema, sie lachte laut und schrill. Es war kein schöner Abend. Ich mag Celine nicht, wenn sie sich inszeniert. Wenn sie unsicher ist, ist es besonders schlimm. Ich mag nicht, wie sie nach Aufmerksamkeit heischt, wie sie anderen ins Wort fällt, ich mag auch die gelegentliche Unsicherheit oder Verlegenheit der anderen nicht. Alles dreht sich um Celine. Das Essen war lecker, doch, das Essen hat gut geschmeckt. Der Reis war in Kokosmilch gegart, das Gemüse sehr knackig. Celine braucht keinen Alkohol, um aufzudrehen. Mir kommt es bei diesen Gelegenheiten oft so vor, als hätte sie getrunken. Aber sie lebt nicht nur vegan, sie trinkt auch keinen Alkohol. Ich bestellte Weißwein. Das Desinteresse an mir war groß. Nun, das kenne ich ja schon. Wenn ich mit Celine ausgehe, dreht sich alles um Celine. Alle wollen ihr gefallen. Celine liebt es, Leute um sich zu scharen und Leute zusammenzubringen. Meine Freunde sind meine Familie, sagt Celine. Ich bin hin und wieder Statistin in einem ihrer Stücke. Celine sieht super aus, schlank und groß ist sie, hat markante Gesichtszüge, das braune Haar ist kurz geschnitten. Und sie hat einen messerscharfen Verstand. Ich spiele in einer anderen Liga, denke ich manchmal, aber das ist nicht schlimm. Ich bin zufrieden und ich gönne Celine ihren Erfolg. Und all die Aufmerksamkeit, die sie heute Abend wieder genießen durfte. Ja, Celine genoss es. Und sie flirtete mit Michael. Wo blieb nur Rainer? Die Kellnerin räumte die Teller ab. Celine hatte nur Suppe gegessen. Celine isst grundsätzlich sehr wenig. Das stört Rainer. Aber ihn störte scheinbar noch viel mehr. Celine lachte schrill. Ich überlegte, warum ich dann doch immer wieder zusagte, wenn Celine mich fragte, ob ich auch kommen wolle. Vielleicht sollte ich lieber mit Menschen ausgehen, mit denen ich mich wohl fühle, wo die Gesprächsanteile anders verteilt waren, wo ein gegenseitiges Interesse bestand. Die Kellnerin brachte neue Getränke. Tamara strahlte ihren Cocktail an, die hübsche Freundin, deren Namen ich mir nicht merken kann, nippte am Mineralwasser und sagte etwas auf Französisch zu Tamara. Die alkoholfreien Cocktails waren ganz nach Celines Geschmack. Ich blieb bei Weißwein. Und dann kam Rainer. Er begrüßte uns und ließ sich auf den Stuhl neben Celine gleiten und ich beobachtete, wie ihre Münder sich sehr langsam mit ganz spitzen Lippen aufeinander zubewegten. Ein kurzer, vorsichtiger Kuss. Es war die einzige Berührung zwischen den beiden, die ich an diesem Abend beobachten konnte. Tamara stellte ihre Freundin vor. Celine wandte sich dann wieder ihren Gesprächspartnern und ihren Themen zu. Ich konnte Michaels Unsicherheit spüren. Rainer sagte nicht viel. Ich versuchte, ihn mit einer Frage ins Gespräch zu ziehen. Seine Antwort war einsilbig. Er bestellte ein Bier und Suppe. Celine verhielt sich nicht wie eine liebevolle Partnerin. Sie ignorierte Rainer fast die ganze Zeit. Man hätte meinen können, sie hätte ein Interesse an Michael. Am nächsten Tag regte sie sich auf, Rainer hätte gesagt, sie sei nicht liebevoll, also, das lasse sie sich doch nicht vorwerfen!

Ich nippte an meinem Wein. Ich blickte zu Rainer hinüber. Als sich unsere Blicke trafen, konnte ich seinen Schmerz sehen. Celine lachte gerade wieder sehr laut. Es war ein abgehacktes Lachen. Michael schien noch stärker verunsichert, er rutschte auf seinem Stuhl hin und her. Nach einer Weile trafen sich unsere Blicke wieder, Rainer lächelte traurig. Bleiben wir noch? Celine schien nicht nach Hause zu wollen. Tamara gähnte. Die Kellnerin brachte neue Getränke. Rainer versuchte, gute Miene zum Spiel zu machen, Michael versuchte schlagfertig zu sein, die anderen stimmten bereitwillig in Celines Lachen ein. Ich betrachtete Celine. So ist sie. Viel Show. Ihr Stolz, ihr Ego. Als wollte sie Rainer signalisieren, dir zeige ich´s. Wenn du mich nicht mehr willst, dann will ich dich auch nicht, ich kann auch andere haben. Und sie flirtet ausgerechnet mit Michael. Zum Glück kenne ich auch Celines andere Seiten. Wenn sie sich wie ein kleines Mädchen in den Sessel kuschelt und Trost braucht. Wenn sie meine Meinung hören will und konzentriert zuhört. Jetzt höre ich ihr zu und den anderen. Celine zögert das Ende hinaus. Ich blicke Rainer an. Als wir das Lokal verlassen, sind wir die letzten Gäste, die in die Nacht entlassen werden.

Und dann sehe ich sie weggehen. Sie gehen eng nebeneinander. Celines weißer Mantel, Rainers dunkelblaue Jacke. Sie berühren sich nicht. Ihre Körper sind angespannt, ihre Schritte eilig, sie gehen sehr aufrecht, gefasst. Und jetzt? Celine wollte nicht gehen. Angst vor dem, was dann kommt. Und ich wissend. Der Mond wird von Wolken verdeckt. Noch vorsichtiger hätte man sich gar nicht küssen können, denke ich. Ihr habt keine Zukunft, denke ich. Plötzlich bin ich traurig. Ich kann die dunklen Wolken spüren. Sie sind nicht zu sehen in der Dunkelheit, aber sie sind da. Rainers Lächeln, dahinter der Schmerz. Er wird sich in Wut verwandeln. Celine wird verstummen. Ich schaue den beiden nach, dann überquere ich die Straße. Ich drehe mich ein letztes Mal um, aber ich sehe sie nicht mehr, sie sind schon weg.

Sonntagnachmittag

Alles an ihr ist grau. Der graugemusterte Zweiteiler, der aussieht wie ein Schlafanzug, die lange weite Strickjacke mit Kapuze, die unordentlich auf dem Rücken hängt, das kinnlange Haar. Das Gesicht. Ja, auch das Gesicht hat einen Grauschleier, tiefe Furchen, die Augen sind leicht zusammengekniffen, Mundwinkel, die nach unten zeigen. So lehnt sie auf dem grauen Metallgeländer vor ihrem Fenster, mit hängendem Kopf, der sich langsam von rechts nach links bewegt und von links nach rechts. Das Haar rutscht ins Gesicht, sie schiebt die Strähne mit einer langsamen Bewegung zurück hinter das Ohr. Sie stützt sich auf das Geländer mit einer Schwere, so sichtbar, die ganze Last eines langen Lebens wird deutlich und ich betrachte sie, sehe die Langeweile und die Einsamkeit, die sie umgibt. Wozu sich schön kleiden, schminken, kämmen? Sie blickt nach unten auf die Straße und der Kopf bewegt sich von rechts nach links. Das Leben zieht an ihr vorbei. Sie ist zur Beobachterin geworden. Von links nach rechts. Ganz langsam.

Ich schreibe weiter. Als ich aufblicke, ist sie weg. Verschwunden. Die weit geöffnete Glastür ist ein Loch in der Hauswand gegenüber. Ein schwarzer rechteckiger Fleck hinter einem metallgrauen Geländer. Als sie wieder auftaucht, kann ich sehen, dass sie ihre Beine so langsam bewegt wie ihren Kopf. Sie steht jetzt wieder am Geländer, in der linken Hand hat sie ein Telefon, sie presst es auf das graue Haar über dem linken Ohr. Ich kenne nicht viele Menschen, die mit links telefonieren. Doch die graue Erscheinung dreht sich gleich wieder um, langsam, und verschwindet in dem Loch. Ich denke über diese Frau nach, deren Leben sie in ein einsames graues Jetzt geführt hat. Stelle mir vor, wie ihre Mundwinkel sich nach oben bewegen, ihre Augen zu leuchten beginnen und sie voller Begeisterung ein Ja! in den Hörer haucht. Wie sie das Telefon weglegt und ihre Bewegungen schneller werden. Wie sie die Glastür schließt, die graue Jacke auszieht und achtlos auf den grauen Sessel wirft. Wie sie den graugemusterten pyjamaähnlichen Anzug auszieht und dazu legt. Ihn tauscht gegen farbenfrohe Kleidungsstücke. Wie sie das Haar bürstet und hochsteckt, die Kette um den Hals legt. Die Augen schminkt. Den Lippenstift aufträgt. Wie sie sich prüfend im Spiegel betrachtet, sich zulächelt. Dann ein langer Blick auf das Foto an der Wand, eine junge hübsche Frau ist darauf zu sehen, schlank und groß, sie hat markante Gesichtszüge, das braune Haar ist kurz geschnitten, ihr Gesicht ist ernst. Ein Seufzer. Ich sehe, wie sie in die schwarzen Pumps schlüpft, ich sehe sie aus der gegenüberliegenden Haustür kommen. Gerade reißt die graue Wolkendecke etwas auf, blaue Himmelsstücke werden sichtbar. Mit beschwingtem Schritt sehe ich sie zur Haltestelle laufen. Linie 17, einmal links abbiegen. Sehe sie in der Bahn sitzen, sie musste gar nicht lange warten, ein Lächeln umspielt ihre Lippen, die Handtasche hat sie auf dem Schoß, presst sie an sich, man kann nie wissen. Viel Geld ist nicht darin, ein paar Taschentücher, der Lippenstift. Sie wird nichts weiter brauchen beim Tanztee. Ich höre sie lachen, höre, wie sie sich angeregt unterhält, mit den Freundinnen, dem Tanzpartner. Wie sie Erinnerungen auspackt und verteilt, ob das alles genauso war, spielt doch keine Rolle. Wir verändern unsere Erinnerungen, mit jedem Erzählen. Sie wirkt so lebhaft, so glücklich. Teil des Lebens, ein buntes, tanzendes Jetzt. Ich höre sie wieder lachen, vielleicht ist sie schon etwas beschwipst von dem Glas Weißwein, das sie sich gegönnt hat, vielleicht auch von der Lebensfreude, die sie mitgebracht hat, hervorgeholt hat für jetzt. Ja, ich sehe sie, lachen, tanzen, leben.

Als ich den Kopf hebe, sehe ich sie. Alles an ihr ist grau, die Kleidung, das Haar, das Gesicht. Die Augen sind leicht zusammengekniffen, die Mundwinkel zeigen nach unten. Ich sehe sie. Das Grau ist so greifbar, dass ich erschrocken den Kopf abwende.

Mit Blick auf die Straße

Diesen Brief schreiben, mit Blick auf diese Straße. Radfahrer, Autos, Spaziergänger. Mit Knopf im Ohr, ohne. Besorgte und gelangweilte Gesichter unter dicken Wollmützen oder Kapuzen, teilweise eingerahmt von langen glatten Haaren oder von kurzen dunklen Locken. Schnelle Schritte, langsame Schritte, meistens hastige, ein Hauch von Zeitmangel liegt in der Luft, schwebt über der Straße, die von Regen nass glänzt, eingerahmt von blattlosen Bäumen, die dem Frühling noch nicht trauen. Nichts spiegelt sich auf dieser Oberfläche, nirgends hat Wasser sich zu einer Pfütze gesammelt, schmucklos nass, keine Spur von einem Regenbogen, obwohl die Sonne schon wieder einige Strahlen hervorkriechen lässt. Kühle Luft, die ihren Auftrag zu trocknen nur zögerlich erfüllt. Seine Augen folgen einer alten Frau, die langsam direkt an seinem Fenster vorbeigeht, ihr Gesicht hat einen Grauschleier, tiefe Furchen, die Augen sind leicht zusammengekniffen, Mundwinkel, die nach unten zeigen. Das Haar rutscht ihr ins Gesicht, sie bleibt kurz stehen, schiebt die Strähne mit einer langsamen Bewegung zurück hinter das Ohr, schlurfende Schritte, dann ist sie weg. Mit Blick auf die Straße will er die leeren Blätter vor sich auf dem alten Schreibtisch aus massivem Holz füllen, einem dunklen Holz, das viele Spuren aufweist und sicher viel erzählen könnte, der Schreibtisch viel älter als er, vielleicht von Hand gefertigt, ganz sicher von Hand gefertigt, und so sieht er auf die Tischplatte und denkt über die Spuren nach, streichelt mit dem Finger über Macken und Kratzer, alles nur, um seine eigenen Spuren nicht anschauen zu müssen, nicht nachempfinden, nicht beleuchten zu müssen. Dabei sitzt er nur aus diesem einen Grund hier an diesem Schreibtisch mit Blick auf die Straße, die das Villenviertel mit den alten Häusern durchquert, um in seinem Brief genau über diese Spuren zu schreiben, zu erklären, sich zu erinnern. Die Spuren, die das Leben ihm mitgegeben hat, ihm geschenkt, beschert hat oder doch aufgezwungen? In eine Spur gezwängt, in der nichts spurlos an ihm vorübergeht. Alles was er erlebt hat, hat Spuren hinterlassen, natürlich hat es das, Narben auf seiner Haut, alte und neue, Nebel um seine Gedanken, Mauern um sein Herz. Der lange Weg eines neugierigen, lebensbejahenden, begeisterungsfähigen, jungen Mannes zu einem traurigen, verbitterten, alten Mann, der in dem Gefühl steckengeblieben war, immer ein Verlierer zu sein. So dachte er spöttisch. Der aber beschlossen hatte, etwas zu ändern, die Spur zu verlassen, keine weiteren Spuren zu hinterlassen.

Er legte den Stift zur Seite. Wollte er das? Wirklich darüber sprechen oder schreiben, was ihn hierhergeführt hatte, an diesen Platz am Schreibtisch, zu dieser Entscheidung, zu diesem Moment? Sollte er nicht lieber seine Spuren verwischen und spurlos verschwinden? Einfach weg? Er schubste den Stift mit dem Zeigefinger an und sah zu, wie er über die Tischplatte rollte, aus seinem Blickfeld verschwand und hörte, wie er auf den Boden fiel. Ein vorsichtiges Lächeln breitete sich kaum sichtbar auf seinem Gesicht aus. Lächeln konnte er kaum, er war ungeübt. Spurlos, dachte er. Das ist gut. Das ist viel besser als Spuren zu betrachten, Wunden zu lecken, von der Verbitterung zu kosten.
Die Zeitung vom Wochenende, die zu den anderen in den ungeleerten Briefkasten gesteckt wurde, mit der Meldung, die

die Überschrift >70-Jähriger spurlos verschwunden< trug, sollte er nie in der Hand halten.

Schmuckstück

„Was für ein schönes Schmuckstück", sagte Eva und wollte nach der Brosche greifen. Maria holte hörbar Luft und zischte: „Nicht anfassen!" Erschrocken zog Eva die Hand von der Schale zurück, wo ein zierlicher Schmetterling mit glitzernden Steinen besetzt lag. Ist ja gut, sagte sie zu sich selbst und seufzte ganz leise. Es war wirklich nicht einfach, Maria wirkte unausgeglichen und reizbar, das war schon beim Begrüßungstee erkennbar gewesen, es war wohl keine gute Idee gewesen, sich gleich für fünf Tage bei ihr einzuquartieren.

Sie wandte sich von der niedrigen Kommode vor dem Fenster ab, neben der sie die Reisetasche abgestellt hatte. Ihre Jacke und Handtasche legte sie auf den Sessel, der in der Ecke stand. Gemeinsam zogen sie das Gästesofa aus, spannten das Laken über die Liegefläche und bezogen das Bettzeug mit frisch duftender Bettwäsche. Die Kissen, die das Sofa geschmückt hatten, stapelte Eva auf der Kommode, die Zeitung vom Wochenende, die sie im Bus gelesen hatte, warf sie in den Papierkorb neben dem Sessel, >70-Jähriger spurlos verschwunden< stand da und sie schüttelt traurig den Kopf in Erinnerung an diesen Artikel. Ich werde mich ein wenig ausruhen, teilte Eva ihrer Freundin mit, ich muss nur noch schnell ins Bad.

Als sie sich auf dem Gästebett ausstreckte, spürte sie die Müdigkeit wieder. So eine Reise im Bus, wo man nachts nicht wirklich schlafen kann, war anstrengend. Es gelang ihr tatsächlich sich zu entspannen und in einen erholsamen Schlaf zu fallen. Drei Stunden später saß sie an dem kleinen Tisch in der Diele und lobte das Essen, das Maria in der Zwischenzeit zubereitet hatte.

Sie hatten sich lange nicht gesehen. Eva war sehr erschrocken gewesen, als Maria die Tür geöffnet hatte. Zwar hatte die Freundin ihre Krebserkrankung überwunden, aber sie war schmal geworden, auch im Gesicht, und sah so viel älter aus. Wirklich offen konnte sie mit Maria nicht darüber sprechen, nicht über die Krankheit, nicht über die Tatsache, dass sie unsicher auf den Beinen wirkte und auch nicht darüber, was die Zukunft bringen würde. Maria war zehn Jahre älter als Eva und immer war es Eva gewesen, die die weite Reise von Hannover nach München unternommen hatte. Es war ein Nachhause-Kommen gewesen, sie hatte viele Jahre in München gelebt und liebte die Stadt noch immer. Maria hatte sie nie in Hannover besucht, anfangs hatte sie noch davon geredet, es dann nicht mehr erwähnt und als ihr Mann überraschend starb, verkroch sich Maria in ihrer Altbauwohnung. Als sie erkrankte, war Eva nach München gereist, es waren gute lange Gespräche gewesen, das musste jetzt drei Jahre her sein. Oder waren es vier? Die alte Vertrautheit wollte sich nicht einstellen. Maria kritisierte an ihr herum, mal war es ein Glas, das sie nicht auf einen Untersetzer gestellt hatte, mal eine Frage, die sie unhöflich fand.

Am nächsten Tag fuhren sie zum Lehnbachhaus, die Ausstellung war ganz wunderbar. Die Zeit vergessend gingen sie getrennt von Bild zu Bild, bewunderten das Haus, den Garten. Und gleich noch eine Ausstellung, dann wurde es Zeit für Kaffee und Kuchen. Nein, Maria wollte keinen Kuchen. Alkohol trank sie auch nicht mehr. Trotzdem drängte sie Eva auf dem Heimweg in einen Weinladen, damit sie sich einen

Wein fürs Abendessen kaufte, du kannst doch ein Glas trinken, nein, mir macht das nichts aus.

Und so trank Eva einen Rotwein zum Essen, Maria kochte und auch am nächsten Tag, der angefüllt war mit Ausstellungen und Museumsbesuchen, kochte Maria; sie lehnte es rigoros ab, sich von Eva in ein Restaurant einladen zu lassen. Wenigstens die Konzertkarten konnte Eva am Sonntag bezahlen, als kleines Dankeschön. Kunst, Musik – Maria legte so viel Wert auf Kultur; in den Gesprächen kritisierte sie andere, ständig ging es darum, wie jemand sich verhalten hatte, was jemand gesagt hatte, auf Sprache achtete sie und auf Benehmen, Eva fühlte sich von Tag zu Tag unsicherer in Gegenwart von Maria. Als wäre ich wieder ein kleines Mädchen und versuchte, es der Mami recht zu machen, dachte Eva. Beim Scrabble-Spiel verlor Eva, aber nur knapp, es hatte Spaß gemacht. Und dann war es Zeit, die Tasche zu packen und zum Busbahnhof zu fahren. Eva stieg die breiten knarrenden Holzstufen hinab, mit einem Gefühl der Verwirrtheit, der Verunsicherung, der Erleichterung und mit der Überzeugung, dass sie Maria nie wiedersehen würde.

Maria war vor allem erleichtert, als die Tür hinter Eva ins Schloss fiel. Der Besuch hatte sie mehr angestrengt, als sie zugeben wollte. Sie hatte Eva nichts von dem Schwindel erzählt. Es gab eine ganze Menge, was sie Eva nicht erzählt hatte. Ein Blick ins Gästezimmer, Eva hatte die Bettwäsche abgezogen und das Bett wieder in ein Sofa verwandelt. Gut so. Wenn ihr Sohn Benny am übernächsten Wochenende kommen würde, konnte sie es wieder herrichten und frisch beziehen. Jetzt wollte sie sich ausruhen. Maria machte Tee, las Zeitung, genoss es, ihre Wohnung wieder für sich zu haben, beobachtete zwei kleine Vögel auf dem Balkongeländer, als sie eine Lesepause machte, ließ die Gedanken schweifen, erinnerte sich an Evas Lachen, Eva, die noch so jung war und voller Leben, sie schloss die Augen und ließ die Stille auf sich wirken. Sie war so müde.

Später am Tag beschloss sie, die Bettwäsche zu holen und in die Waschmaschine zu stecken. Sie öffnete die Fenster im Wohnzimmer weit, öffnete auch die Verbindungstür zum Esszimmer. Wenn Tanya übermorgen zum Saubermachen kam, würde sie ihr auftragen, Staub zu wischen. Maria ging durch das Zimmer, ordnete die Kissen auf dem Sofa neu, dann fiel ihr Blick auf die Kommode, sie schob die Lampe zurück und überlegte kurz, was anders war, dann durchzuckte es sie wie ein Blitz: ihre Brosche war weg. Der kleine Schmetterling lag nicht in der Schale. Versteinert starrte Maria auf die leere Emaille-Schale, in der ihr Schmuckstück normalerweise lag. Dann sank sie auf einen der beiden Sessel. Das konnte doch nicht sein! Eva hat den Schmetterling mitgenommen, dachte sie. Aber sie wollte das nicht denken. Sie ging vorsichtig auf die Knie und suchte den Boden ab, schaute unter der Kommode nach. Er war sicher nur runtergefallen. Sie suchte auch unter dem Gästesofa, hob die Kissen hoch. Die Brosche fand sie nicht.

Eva hat mich bestohlen. Was sollte sie tun? Die Freundin anrufen, die wahrscheinlich noch im Bus saß? Ihr schreiben? Wie beschuldigte man eine Person? Maria spürte Hass und Enttäuschung - und eine Riesenwut! Da hatte sie diese Person so großzügig eingeladen, sie bekocht, ihr schlechtes Benehmen geduldet, hatte sie für einen anständigen Menschen gehalten… Wollte Eva sich für irgendetwas rächen? Sie bestrafen? Sie würde es sicher nicht zugeben, würde sich ins Fäustchen lachen. Maria wusste nicht, was sie tun sollte. Ihre Anschuldigungen waren ungeheuerlich, aber – der Schmetterling war weg. Und nur Eva konnte ihn genommen haben, denn keiner sonst war hier gewesen, sie hatte ihn ja noch bewundert, bei ihrer Ankunft. In dieser Nacht schlief Maria noch schlechter als sonst. Am frühen Morgen vergoss sie ein paar Tränen. Die Enttäuschung schmeckte bitter, der Verlust dieses geliebten Schmuckstückes, ein Geschenk ihres verstorbenen Mannes, traf sie unerwartet hart.

Am nächsten Tag sagte Maria ihren Literaturkreis ab. Normalerweise freute sie sich auf den Austausch mit den anderen Damen, aber sie fühlte sich nicht gut, war unkonzentriert und müde. Wem konnte sie davon erzählen? Eine langjährige Bekannte, ja. Ganz sicher, ich habe überall gesucht. Eva hat meinen Schmetterling gestohlen. Sie rief niemanden an. Erzählte es keinem. Und die heitere SMS von Eva, in der sie mitteilte, dass sie gut zu Hause angekommen war und sich noch einmal mit netten Worten bedankte, machte Maria sehr wütend. In Gedanken schrie sie Eva an: Hast Du meinen Schmetterling gestohlen? Hast Du ihn mitgenommen, Du undankbares Miststück?

Mama, ruf sie doch an, das lässt sich sicher klären, meinte Dorothee am nächsten Tag, der aufgefallen war, wie schlecht es ihrer Mutter ging und die keine Ruhe gegeben hatte, bis sie den Grund erfuhr. Maria schüttelte den Kopf. Dorothee stellte die Kaffeetassen in die Spüle, fuhr sich mit der linken Hand durch das blonde kurze Haar und zuckte hilflos mit den Schultern. Dann schlüpfte sie in die blaugemusterte Jacke, küsste ihre Mutter flüchtig auf die Wangen und verließ die

Wohnung. Er ist nicht wichtig, beschloss Maria. Es gab noch viele andere Schmuckstücke. Eva ist nicht wichtig, beschloss Maria. Sie hatte sie sowieso genervt. Die Vergangenheit war nicht wichtig. Und sie verdrängte die Wut. Nie wieder würde sie über den Schmetterling reden. Und nie wieder über Eva. Das war vorbei.

Es war Benny, der den Schmetterling acht Tage später fand. Er hatte sich in einem der Kissen verfangen, die er vom Schlafsofa nahm, um das Bett herzurichten. Benny befreite das zierliche Insekt mit den glitzernden Steinen und legte es ohne groß nachzudenken in die Emaille-Schale auf der Kommode, wo er immer gelegen hatte.

Heimwegtelefon

Dorothee überquerte die sechsspurige Straße im Laufschritt, dann drehte sie sich noch einmal um, hob die Hand zum Gruß und rief: „Danke!" Die Bushaltestelle war etwa 30 Meter entfernt. Weit und breit Dunkelheit, vereinzelte Autos, kein Mensch zu sehen. Aber dort standen zwei Personen, im Licht der Haltestelle konnte sie ein älteres Pärchen erkennen. Dorothee fuhr sich mit der linken Hand durch das blonde kurze Haar, eine Bewegung, die zur Gewohnheit geworden war. Nein, es war nicht der letzte Bus und sie hatte Glück, jeden Moment musste er kommen. Sie zog den Reißverschluss ihrer blaugemusterten Jacke zu. Als der Bus sich näherte, mit einer großen und leuchtenden 610, klingelte ihr Handy. Aber sie hörte es nicht. Dorothee stieg ein, zeigte das Ticket vor, zuhause ausgedruckt, und ihren Ausweis, ging in den hinteren Teil, nahm Platz, gerade, als der Bus wieder anfuhr. Wieder klingelte ihr Handy, diesmal hörte sie es. „Du sollst dazugehören", erklang Trixis Stimme, „jetzt darfst du auch mal im Bus telefonieren, das Handy in der Hand haben, wie all die anderen", laut sprach die Freundin und sie reagierte mit einem Kichern. „Du hast Recht", sagte Dorothee und ließ den Blick durch den Bus gleiten, „neun Leute starren auf ihr Smartphone", und sie sagte es ziemlich laut. Alle außer dem Ehepaar, das mit ihr eingestiegen war, stellte sie in Gedanken fest. Niemand reagierte auf ihre Bemerkung, keiner hob den Kopf. „Wann kommt denn dein Bus?", fragte sie. Einmal die sein, die die anderen Fahrgäste unterhielt. Sie kicherte wieder. Der Bus hielt, die Türen öffneten sich, zwei Leute stiegen aus. Die Türen schlossen sich seufzend, der Bus fuhr wieder an.

„Hier liegt ein Schuh", sagte Dorothee, als ihr Blick auf einen blauen Plastiklatschen fiel, der auf einer Stufe lag, gleich gegenüber, sie hatte ihn bisher noch gar nicht bemerkt. „Ein einsamer blauer Schuh", sagte sie laut. Über das Gesicht des Mannes ihr gegenüber huschte ein Lächeln. Seine Aufmerksamkeit hatte sie. Er blickte nicht auf, sah sie nicht an. Diese farbigen Plastikschuhe waren mal modern gewesen. Jemand muss es sehr eilig gehabt haben, jemand hat den Bus ohne den Schuh verlassen, aber wie konnte das sein? „Du, ja," sagte sie, „so wie neulich am Bahnhof, da lag eine Brille im Gleisbett, schon seltsam, was die Leute so verlieren oder zurücklassen." Wieder meinte sie ein Lächeln auf dem Gesicht ihres Gegenübers gesehen zu haben. Der Bus hielt, die Türen öffneten sich, drei Leute stiegen aus. Die Türen schlossen sich schwer seufzend, der Bus fuhr wieder an. „Du bist schon am Bahnhof, Trixi? Cool, wann kommt denn deine Bahn?" Das ist wie Heimwegtelefon, dachte sie. Und dann erzählte sie der Freundin davon. Nein, sie hatte keine Angst, wenn sie alleine unterwegs war. Lothar würde sie fragen, ob sie ihr Pfefferspray dabeigehabt hatte, aber das war weg, wo war das eigentlich? „Ich wollte da mal ehrenamtlich mitarbeiten, junge Menschen am Telefon begleiten, wenn ihnen unheimlich war auf dem Nachhauseweg. Aber dann war die Technik so kompliziert, ich bin ja nicht so geschickt mit dem Computer, ich habe aufgegeben." Grinste der Mann gegenüber etwa? Der Bus hielt, die Türen öffneten sich und sie stieg aus. Die Türen schlossen sich seufzend hinter ihr, der Bus fuhr wieder an. Das Ehepaar saß nicht mehr im Bus, stellte sie mit Erstaunen fest, sie hatte gar nicht bemerkt, dass sie und wann sie ausgestiegen waren, aber der Mann saß noch dort und der Schuh lag noch im Bus, blassblau und allein, es gibt viel zu viele Singles, dachte sie.

In den Warenkorb

Trixi hatte beschlossen, darüber zu schreiben. Gedankenverloren starrte sie aus dem Fenster, den Stift in der Hand. Dieser verflixte erste Satz. Wenn sie den hatte, dann war alles ganz leicht…

Ein schönes erstes Date. Sie näherte sich dem Treffpunkt, der Anlegestelle für die Fähre, und blickte sich suchend um, während ihr siedend heiß einfiel, dass sie den Zettel mit der Handynummer doch nicht eingesteckt hatte. Glaubte sie. Doch da kam er mit einem strahlenden Lächeln die Stufen hinunter, das musste er sein, sie hätte sich doch denken können, dass er oben auf sie warten würde, von oben hatte er einen guten Überblick und konnte sie beim Näherkommen beobachten. Sein Lächeln wollte den ganzen Tag nicht verschwinden. Sie gingen am Fluss entlang, durch die Straßen zu einem Café, sie tranken heiße Schokolade, plauderten, lachten. Zurück zum Fluss; als sie ihn einen Abhang hochzog, „Komm, alter Mann", sagte und seine Hand ergriff, hielt er sie fest. Händchenhalten. Dabei waren sie sich gerade erst begegnet, zwei Wochen lang hatten sie sich kurze Nachrichten geschrieben, das Treffen vereinbart. Er fragte wenig, wusste alles – glaubte er. Die Informationen aus dem Internet, Artikel über sie, Leseproben, ihre Homepage. Er hatte ein Bild. Wollte er das überprüfen? Oder behalten? Viele Stunden lang hielten sie sich nahe am Fluss auf. Schweigend blickten sie eine Weile aufs Wasser, saßen nebeneinander auf einer Bank und es fühlte sich vertraut an. Ein gemeinsames Essen, mehr Worte, mehr Lachen, Hoffnungen wurden ausgewickelt wie Bonbons, Sehnsüchte gestreift. Beim Abschied sagte er, „Komm mal her", zog sie näher und schloss seine starken Armen um sie. Es fühlte sich gut an. Zärtlich berührten sich ihre Lippen, ganz sacht, werden wir uns nächstes Wochenende wiedersehen? Von da an schrieb er ihr täglich Nachrichten voller Glückseligkeit. Wenn sie telefonierten unterbrach er sie und sagte, „Komm mal her!" Und das war ihr selbst am Telefon zu nah. Es war ein schönes zweites Date. Spaziergang. Kino, lass uns was essen gehen. Alles ist gut. Sie fühlte sich wohl in seiner Nähe, er war durchaus attraktiv und charmant. „Komm mal her!" Nein, er bedrängte sie nicht, wirklich nicht. Er genoss seine Wolke sieben. Da will ich auch hin, dachte sie. Er hatte eine Lösung für alle Probleme. Für solche, die sie ansprach und auch für die, die sie gar nicht hatte. Er machte ihr wieder bewusst, wie sehr sie ungefragte Ratschläge hasste. „Du musst…" Woher nahm er das Recht, ihr zu sagen, was sie tun sollte? Sie wollte so gerne verliebt sein, aber ganz ehrlich, gestand sie sich ein, sie war es nicht. Wie gut, dass du mich gefunden hast, hatte sie ihm zugeflüstert, beim ersten Treffen, in jenem dunklen Abschiedsmoment, das Licht der Häuser am Ufer glitzerte im Spiegel aus Wasser.

Jetzt war es, als schnürte etwas Unsichtbares sie ein. Die heiteren Nachrichten nahmen ihr die Freude. „Du brauchst nur…" Alle Energie schlich sich aus ihrem Körper. Werde ich krank? fragte sie sich. Ein Telefonat. Wieder ein „Komm mal her…", das sie kaum ertragen konnte. Er hatte im Internet gesucht. Er hatte sie gefunden. Klick, in den Warenkorb. Er freute sich, das war es, sie war es.

Nach ihrer kurzen Nachricht blieb es still. Er antwortete nicht mehr. Plötzlich wurde ihr klar, dass es ein Missverständnis gab. Ich muss das klären, dachte sie erschrocken. Und dann machte sich Erleichterung breit. Er schrieb nicht mehr. Ihre Energie kam zurück. Irgendwie war sie einfach aus dem Warenkorb gehüpft.

Trixi blickte auf das Geschriebene. Dachte eine Weile nach. Jetzt, da sie es in Worte gefasst hatte, hatte es Gewicht bekommen, eine Bedeutung. Sie wollte nicht, dass es wichtig war, bedeutend. Nein, das war es nicht. Sie nahm die vollgeschriebenen Blätter und zerriss sie sorgfältig, einmal, zweimal, dreimal, bis nur noch Papierschnipsel vor ihr auf dem Tisch lagen. So. Weg damit. Ein Lächeln breitete sich auf ihrem Gesicht aus.

Plötzlich klingelte ihr Handy und sie zuckte zusammen, das Lächeln starb. Aber es war Lothar. Er wollte wissen, ob Dorothee bei ihr sei. Und er klang besorgt. „Sie ist gestern Abend nicht nach Hause gekommen", sagte er. „Weißt du, wo sie ist?" Trixi wusste es nicht. Vielleicht bei Carolin? Aber nein, Carolin war ja an die Ostsee gefahren, um eine krebskranke ehemalige Klassenkameradin zu treffen.

Das letzte Bild

Die Möwe stürzte blitzschnell herab und hackte mit ihrem langen, am Ende gebogenen Schnabel auf das Fischbrötchen ein, die junge Frau, die es in der Hand hielt, schrie erschrocken auf, griff mit der freien Hand an ihren Kopf und riss mit der anderen das Brötchen zur Seite. Auch die Möwe schrie, aber vor Wut, weil ihr Angriff erfolglos geblieben war. Immer noch ungläubig versuchte die Frau zu verstehen, dass der Vogel sie gestreift hatte, vielleicht sogar versucht hatte, auf ihrem Kopf zu landen, um einen Leckerbissen zu erhaschen. Eine zweite Möwe hatte den Angriff begleitet und ebenfalls geschrien. Sie waren dick, diese Möwen und dreist, unwillkürlich musste Carolin an den Film >Die Vögel< von Alfred Hitchcock denken und sofort war die Erinnerung an die Filmszenen wieder da, an die aggressiven Vögel, die die Menschen nicht nur angriffen und verletzten, sondern schließlich auch mit vereinten Kräften töteten. Und das war nicht erfunden. Das gab es wirklich.

Ihre Freundin kommentierte den Vorfall nicht. Sie gingen weiter Richtung Strand, umgeben von Menschen, so viele Sonntagsausflügler, und kreischenden Möwen, die viel zu nah kamen, viel zu tief flogen. Carolin dachte an ihren Besuch bei ihrer Tochter in Südspanien im vergangenen Jahr und an den Ausflug nach Gibraltar, sie dachte an die Affen dort und sie dachte an David, einer der neuen Freunde ihrer Tochter, der sie begleitet hatte an dem Tag und der von einem Affen gebissen worden war, als er sich zu seinem Rucksack umdrehte, den ein Affe ihm vom Rücken reißen wollte, auf der Suche nach einem Leckerbissen. Kurz überlegte Carolin, der Freundin von diesem Vorfall zu erzählen, aber dann zog sie es vor zu schweigen. Sie würde so viel erklären müssen, wer, warum und wann und dann würde sie ihr vielleicht wieder nicht glauben und andere Interpretationen des Geschehenen anbieten. Und Carolin wollte sich nicht schon wieder wehren und ihre Wahrheit verteidigen gegen das, was Alina lieber glauben wollte. Affen beißen, Vögel greifen an, überall lauern Gefahren. Aber es war der Krebs, der in Alinas Eingeweiden wühlte und das war die Gefahr, die die Freundin im Blick hatte. Sie liefen eine ganze Weile weiter schweigend nebeneinander her, hatten jetzt den Strand erreicht und Carolin zog ihre Schuhe und ihre Strümpfe aus. Es war schön, den kühlen weichen Sand unter ihren Füßen zu spüren und sie verlangsamte das Tempo. Der Wind zerrte an den Haaren, an denen von Alina, die straff zusammengebunden waren und an ihren, es gelang ihm, Strähnen zu befreien, die das Haarband zusammenhalten sollte und manchmal blies er ihr so stark ins Gesicht, dass Carolin das Gefühl hatte, keine Luft zu bekommen.

Als Alina ihr nach der Chemotherapie erzählt hatte, dass sie nicht geheilt war, hatte Carolin ihr spontan versprochen, sie zu besuchen, wenn sie in Kur wäre. Wohl wissend, dass es womöglich ihre letzte Begegnung sein würde, hatte sie sich in einer nebeligen Nacht Anfang November auf den Weg an die Nordsee gemacht. „Wie tröste ich denn jemanden, der gar nicht traurig ist?", hatte Carolin Trixi gefragt, als sie sich von ihr verabschiedete. Kurzfristig hatte sie beschlossen nicht morgens früh, sondern schon am späten Abend loszufahren. Die Nacht versprach leere Autobahnen, das Hotel hatte ihr zugesagt, dass sie schon vor Mittag in ihr Zimmer könne. Ja, sie war ein Nachtmensch. Und der Gedanke, den Wecker auf fünf oder sechs Uhr zu stellen und sich aus dem Bett zu quälen und mit Kaffee wach zu pushen, um vielleicht schon nach kurzer Fahrt wieder mit ihrer Müdigkeit zu kämpfen, der war ihr ein Gräuel. Dazu das hohe Verkehrsaufkommen am Tag auf dieser Strecke, nein, lieber abends losfahren. Fahren, bis die Müdigkeit sie einholte. Carolin hatte bis neun Uhr in der Schule gearbeitet, wo sie an zwei Abenden unterrichtete, um halb zehn war sie zu Hause gewesen. Schnell zusammenpacken, was sie für vier Tage brauchen würde, die Blumen gießen, den Müll rausbringen. Dann hatte sie das Gepäck ins Auto gebracht, das sie auf der Rückfahrt von der Schule vollgetankt hatte, den Korb mit Proviant und Kaffee, Wasser, Hörspielen und Papiertaschentüchern auf den Beifahrersitz gestellt und auf die Uhr geschaut. Fast dreiundzwanzig Uhr. Sieben Stunden? Acht Stunden? Eine lange Fahrt lag vor ihr. Sie fuhr los. Irgendwann würde sie unterwegs tanken müssen. Sie dachte an dunkle Rastplätze, tanken, okay, aber was, wenn sie zu müde wurde zum Weiterfahren? Zwischen den vielen Lastwagen im orangefarbenen Licht der nächtlichen Raststätten, würde sie schlafen können? Oder mit der Angst kämpfen? Die Vorstellung behagte ihr gar nicht. Aber nicht daran denken. Sie war inzwischen ganz gut darin geworden: nicht zu viele Gedanken daran verschwenden, was sein könnte und was wäre, wenn…

Gegen sechs in der Früh war Carolin angekommen, sie war gefahren ohne längere Pause, hatte mehr mit dem plötzlichen Nebel auf der Autobahn gekämpft als mit Müdigkeit und hatte vor dem Hotel im Nebel geparkt. Völlig erschöpft hatte sie zunächst den Sitz nach hinten geklappt und war eingeschlafen, aber nur kurz, es war unbequem in ihrem kleinen Auto. Also beschloss Carolin ins Hotel zu gehen und zu fragen, wann sie ihr Zimmer beziehen könne. Sie hatte Glück, es war schon frei und sauber, sie bekam den Schlüssel und schleppte wenig später ihr Gepäck in den zweiten Stock. Zunächst hatte sie geduscht, war dann ins Bett gekrochen und hatte bis mittags geschlafen, hungrig war Carolin aufgewacht und hatte der Freundin eine Nachricht geschrieben, um sich mit ihr zu verabreden.

Sie hatte Alina immer ihre Freundin genannt. Mit sechzehn hatte Carolin das Gymnasium gewechselt und sie kennengelernt. Alina war schlank, hatte lange dunkle Haare, und war richtig gut in Mathe und Bio. Sie hatte Carolin durch ihr sanftes, freundliches Wesen beeindruckt und durch ihre Hilfsbereitschaft. Sie hatten Abitur gemacht – Alinas Noten waren bestimmt besser gewesen als ihre – und sich nie aus den Augen verloren. Egal, ob Berlin, München, England, alle paar Jahre hatten sie sich getroffen, meistens war Carolin zu ihr gefahren. Alina hatte nie zu den Freundinnen gehört, mit denen sie tanzen ging, oder stundenlang über Jungs redete. Alina schminkte sich nicht, tönte oder färbte sich die Haare nie, auch nicht, als sie begannen grau zu werden. Sie achtete auf ihre Ernährung, baute im eigenen Garten Gemüse an. Alina war immer eine gute Zuhörerin gewesen, das war gewiss. Immer hatte sie Interesse gezeigt an Carolins Leben, hatte genau wie sie den Kontakt gehalten. Ungezählte Weihnachtskarten und Geburtstagsgrüße, gelegentliche Telefonate. Das war Freundschaft, oder?

Die Nachricht über die Krebserkrankung trägt sie mit Fassung, nein, sie kann sich nicht erinnern, dass Alina je zu denen gehört hätte, die jammern oder klagen. Es ist fast ein bisschen unheimlich, wie gelassen sie damit umgeht. Sie sorgt sich mehr darum, wie ihr Mann zurechtkommt, wenn sie nicht überlebt, als dass sie angesichts des möglichen Sterbens verzweifelt oder traurig ist, erzählte Carolin ihrer Freundin Trixi.

Aber sie beginnt zu schreiben, immer öfter kommen E-Mails von Alina. Sie spricht darin so wie immer von ihrem Garten, was sie gepflanzt hat und was geerntet, meistens von den Behandlungen, den sich widersprechenden Diagnosen, den Ratschlägen der Ärzte und sagt immer, dass es ihr gut gehe.

Wenn sie ihre Nachrichten erhält, weiß Carolin keine Antwort, ihr fehlen die Worte. Ja, wirklich, ihr fehlen die Worte, sie sind im Kopf, aber sie wollen nicht auf das Papier, das ist ungewöhnlich, wo sie doch normalerweise jeden Tag überläuft vor Worten, mit ihnen spielt, sie sortiert, ersetzt, umstellt, Carolin hält sich an Worten fest, sie tauscht sie mit anderen, sie erfindet sogar neue – auf jeden Fall bannt Carolin sie auf das Papier, täglich. Ihre Kolumne wird gern gelesen. Und weil sie keine Antworten weiß, schickt sie Gedanken. Oder Grüße. Schreibt ihr kleine Gedichte. Oder erzählt von sich. Was braucht sie von mir, fragt Carolin sich. Bestimmt keine Ratschläge und kein Mitleid. Keine klugen Sprüche. Keine Besserwisserei. Auch nicht ihre Anleitungen zur Achtsamkeit. Sie macht es ja genau richtig. Geht in den Garten und tut sich gut. Die Momente leben. Wie viel schwieriger ist das, wenn man weiß, es wird wahrscheinlich nicht mehr so viele geben? Das hat sie sich immer wieder gefragt. Sie selbst versucht das, im Moment leben, achtsam. Im Hier und Jetzt und das jeden Tag. So gewinnt man gegen die Depression. So wird das Leben intensiver. Wenn es mal nicht so klappt? Nun, morgen ist ein neuer Tag, eine neue Chance, es besser zu machen. Aber was, wenn die Tage gezählt sind? Wie gelingt dann die Achtsamkeit? Sie erinnert sich plötzlich an einen Film, den sie vor vielen Jahren einmal gesehen und nie vergessen hat. >Ausgerechnet Zoe< hieß er und handelte von drei jungen Erwachsenen oder Teenagern, die eng befreundet sind. Und dann ist Zoe todkrank, ausgerechnet Zoe hat, so glaubt sie sich zu erinnern, Aids. Und während alle versuchen, damit irgendwie klar zu kommen, stirbt plötzlich die andere junge Frau bei einem Unfall. So ist es, jeden Moment kann sich >zack< dein Leben verändern. Eine winzige Sekunde. Deshalb müssen wir unsere Chancen nutzen, wie heißt es so schön: >Jedem Tag die Chance geben, der schönste deines Lebens zu werden<. Carolin liebt solche Sätze. Egal, wie viele Tage wir noch zu leben haben, egal, ob wir das wissen oder nicht, ob wir uns verabschieden dürfen oder herausgerissen werden – jeder einzelne Tag will gelebt werden, jeder Augenblick verdient unsere Aufmerksamkeit und unsere Dankbarkeit. Aber das muss sie Alina nicht sagen, das weiß sie ja.

Jetzt die Kur. Anfang des nächsten Jahres ist ein weiterer Klinikaufenthalt geplant, eine Spezialklinik, ein neues Verfahren bei Krebs. Es gibt Hoffnung. Aber noch einmal einer Operation zustimmen, das will Alina nicht. Es klingt sehr entschlossen. Und ja, Alina wird ihre Meinung nicht ändern. Darüber können sie reden. Über die Therapie, über die Klinik, über das Fehlen von Angst oder Traurigkeit. Ja, Gefühle sind nicht so ihr Ding, gesteht Alina.

Was habe ich mir denn vorgestellt, was habe ich erwartet, fragt Carolin sich am Abend im Hotelzimmer. Die Freundin musste früh zurück in der Klinik sein; sie hatten nach dem Ausflug noch zusammen zu Abend gegessen und sich dann vor der Pizzeria verabschiedet und waren in verschiedene Richtungen gegangen. Carolin war an einem kleinen Supermarkt vorbeigekommen, war hineingegangen und hatte eine Flasche Rotwein mit Schraubverschluss gekauft. Im Hotelzimmer hatte sie die Flasche geöffnet, den Zahnputzbecher in ein Weinglas umfunktioniert und den Fernseher eingeschaltet. Aber der Krimi, der dort gezeigt wurde, interessierte sie nicht wirklich, langweilig und vorhersehbar war er, und so drifteten ihre Gedanken immer wieder ab. Ja, was hatte sie erwartet? Dass sie sich im Gespräch näherkommen würden, ja, vielleicht war es das. Carolin hatte es gehofft, aber gleichzeitig hatte sie geahnt, dass das mit Alina schwierig sein würde. Über Gefühle zu reden lag ihr wirklich nicht und irgendwie war das Carolin in all den Jahren nicht aufgefallen. Alina gehörte nicht zu den Menschen, mit denen man laut lachen oder berührt weinen konnte, das haben wir nie getan, stellt Carolin plötzlich für sich fest.

Wir sind uns nicht nähergekommen, auch nicht, als ich sechshundertsechzig Kilometer gefahren bin, um die Distanz zu überwinden, wird sie später in ihr Büchlein schreiben. Wieder habe ich einen Menschen vor mir, der sich ein Bild von mir gemacht hat. `Das glaube ich dir nicht´, sagt Alina, als ich erzähle, dass ich mit meiner Mutter und meiner gewalttätigen Vergangenheit meinen Frieden gemacht habe, dass es mir gelungen ist, zu vergeben. Und auch, dass ich die Depression überwunden habe. `Das glaube ich dir nicht´. Aber das macht nichts, denn hier geht es ja nicht um mich. Ich habe nichts mehr dazu gesagt und irgendwo schlug eine Tür zu, aber vielleicht habe ich mir das auch nur eingebildet. Ich denke, ich sollte ihr Verhalten mir gegenüber eher als eine Reflexion ihrer Beziehung mit sich selbst ansehen und nicht als Aussage über meinen Wert als Mensch. Und so hatte ich auch gar nicht das Verlangen reagieren zu müssen.

Zwei Tage später sitzt Carolin im Auto und wieder will sie nicht darüber nachdenken, wie lange die Autofahrt sein wird. Sie will auch nicht darüber nachdenken, dass das wohl ihre letzte Begegnung mit Alina war, das letzte Bild nicht als „letztes Bild" in ihrem Kopf abspeichern. So tun, als wäre alles in Ordnung. Das war ein Besuch und jetzt ist er vorbei. Es gibt diesmal kein gemeinsames Foto, sie weiß es und sie hat nichts dagegen unternommen. Alina auch nicht. Bloß nicht sentimental werden. Sich an Strohhalmen festhalten. Nicht aufgeben. Die nächste Behandlung, die nächste Reise, den nächsten Klinikaufenthalt planen. Dem letzten Besuch nicht das Etikett „letzte Begegnung" gönnen. Ein Erinnerungsfoto. Eine traurige Träne zulassen. Nein, so war das nicht, so ist das nicht und wir denken nicht darüber nach. Und darüber reden – erst recht nicht. Ein Besuch. Mehr nicht. Der Weg vom Parkplatz des Klinikgeländes zur Straße ist schnurgerade. Sie sieht die winkende Freundin im Rückspiegel kleiner werden. Abschied nehmen. Dann ist sie weg. Ein Blick in den Korb, Wasserflasche greifbar, Kekse auch, die CD ist schon eingeschoben. Sie zögert, nein, noch nicht einschalten. Gedanken sortieren. Müsste sie nicht sehr traurig sein? Sie befolgt die Anweisung der Stimme aus dem Navigationsgerät: an der nächsten Kreuzung rechts abbiegen. Sie muss noch tanken. Und dann wird sie darauf vertrauen, dass diese Stimme sie zurückführt, zurück nach Hause, zurück in ihr

Leben. Voraussichtliche Ankunftszeit - nein, nicht. Achtsamkeit üben, das heißt, hier und jetzt und nicht in der Zukunft, nicht schon beim Ankommen sein. Konzentration auf den Verkehr. Im Rückspiegel scheint die Freundin noch immer zu winken. Das letzte Bild. Es ist abgespeichert, ob Carolin es will oder nicht, noch bevor sie weiß, dass es wirklich das letzte Bild sein wird.

Das Klavier

Die Mutter singt nicht mehr. Sie klagt, sie stöhnt. Alles zu viel. Ich will Klavier spielen lernen. So schwarz, so glänzend steht es in dem Kellerraum. Ich stelle mir vor, wie die Mutter Klavier spielt. Wie ihre Hände über die Tasten huschen, wie fröhlich ihr Gesicht aussieht, wie sie singt. Eine junge Mutter, so wie sie war, als sie noch nicht Mutter war - und Klavier spielte. Die Mutter singt nicht mehr. Das Klavier spielt nicht mehr. Ich will Klavier spielen lernen. Später, sagen sie mir. Erst noch der Ausbau im Geschäft. Und dann sagen sie wieder später. Erst nach der Geburt des Schwesterchens. Das Klavier bleibt stumm. Finger weg. Nein, wir dürfen nicht spielen. Ich bewundere das Klavier, streiche mit meiner kleinen Hand über das schwarzlackierte Holz. Ich würde so gerne lernen, dieses Klavier zu spielen. Meine Hände über die Tasten huschen lassen, die weißen und die schwarzen. Melodien zum Klingen bringen. Alina aus meiner Klasse spielt Klavier. Alina ist groß und schlank und hat lange dunkle Haare. Sie ist sanft und freundlich. Du musst jeden Tag üben, sagt sie. Ich nicke. Ich will jeden Tag üben. Später, sagen sie. Erst gehst du jetzt mal zur Kommunion. Ein großes Fest. Ich im weißen Kleid mit Locken im Haar, die nicht bleiben. Und dann ist es weg, das Klavier. Es war alt, es war kaputt, sagen sie. Aber ich will doch Klavier spielen lernen, sage ich. Sie sagen nicht mehr später. Sie sagen gar nichts mehr. Schluss mit dem Vertrösten.

Der Mutter ist alles zu viel. Das Radio ist zu laut, die Spülmaschine ist zu laut, sie wird wieder abgeschafft. Ich bin auch zu laut. Ich werde erst ein paar Jahre später abgeschafft. Ich darf Klarinette spielen lernen. Sie ist auch schwarz. Sie ist lange nicht so schön wie das schwarze Klavier. Ich übe. Ich übe nicht jeden Tag. Es ist ein schlechter Ersatz – aber besser als nichts. Das Üben ist auch zu laut. Das Streiten ist zu laut. Das verschwundene Klavier verfolgt mich. Es bleibt für immer in meinem Kopf. Später bin ich mit einem Pianisten zusammen. Seine Hände huschen über die Tasten. Dann über meinen Körper. Ich liebe ihn und sein Klavierspiel. Stundenlang kann ich ihm zuhören. Er gibt mir ein wenig Unterricht. Ich übe jeden Tag. Seine Hände führen meine Hände. Nach der Trennung verbrennt er sich die Hände. Ein dummer Unfall. Eingeschlafen neben einer Kerze. Als er aufwacht, will er mit den Händen den Brand löschen. Er kann nicht mehr so gut Klavier spielen. Die Noten, die er mir geschenkt hat, habe ich noch immer. „Air" von Mozart. Ich kann das spielen. Heute habe ich ein Klavier. Es ist nicht schwarz. Es ist vielleicht zu laut. Vielleicht auch zu spät. Für mich. Neulich waren die Kinder da und wir haben die Noten sortiert und verteilt. „Air" habe ich behalten. Ich sollte wieder spielen. Alle meine Kinder durften Klavier spielen lernen.

Blicke

Wenn er in den hinteren Teil des kleinen Gartens ging, dorthin, wo die Mauer nicht mehr vom Efeu bewachsen war, konnte er in ihre Wohnung blicken, in diese Ecke mit dem großen Tisch, die Fenster reichten alle bis zum Boden und keine Gardinen schmückten sie, keine Vorhänge verschleierten sie, und manchmal saß sie da. Er schaute zu ihr hinüber, vorsichtig, meistens schrieb sie, manchmal aß sie, hatte einen Teller vor sich, ein Weinglas oder ein Wasserglas, eine brennende Kerze. Wenn sie so schrieb, den Kopf über das Papier gebeugt, über das ihr Stift tanzte, dann sah sie selten auf und wenn, dann war ihr Blick in die Ferne gerichtet, sie sah Dinge, die er nicht sehen konnte, ihre Ferne war ihm von den dichten Ästen des Nadelbaumes im hinteren Teil seines kleinen Gartens verdeckt und ganz sicher sah sie Dinge, die andere sowieso nicht sehen konnten. Sie hatte lange blonde Haare, meistens waren sie zusammengebunden, manchmal fielen sie auch lose über ihre Schultern, dann strich sie sie ungeduldig hinter ihre Ohren beim Schreiben, immer wieder. Wenn sie den Kopf drehte, ganz plötzlich, ganz unerwartet, dann drehte er sich schnell weg, ein Schritt nach links und der Efeu verbarg ihn. Was sie wohl dachte, sein Gesicht über der Mauer, er sollte vorsichtiger sein, unauffälliger, aber er konnte nicht anders, wenn er im Garten war, musste er Richtung Baum gehen, musste er über die Mauer blicken, irgendetwas zog ihn dorthin. Oft war die Ecke leer, leere Stühle, ein Tisch, viel zu groß, fand er, offensichtlich lebte sie alleine dort, in der Wohnung. An der Wand ganz hinten stand ein Klavier, nein, es war nicht schwarz, sondern braun. Aber er hörte sie nicht spielen. Er überlegte, nein, er konnte sich nicht erinnern,

Klavierspiel gehört zu haben. Auf dem Tisch standen meistens Blumen, eine Kerze, oder mehrere, Obst, alles schlicht, hübsch komponiert, mal am Ende des Tisches, mal mehr in der Mitte, mal waren es dicke bunte Blumensträuße, mal einzelne Blüten, all das sah er, wenn er vorsichtig seinen Blick über die Mauer warf. Manchmal saßen auch mehrere Menschen dort, Frauen und Männer, vier, fünf, immer gegen Abend, sie schrieben gemeinsam, sahen zu ihr hin, oder aufs Papier, lauschten wenn einer sprach, er konnte nichts verstehen, selbst wenn sie ein Fenster, eine Tür geöffnet hatten. Er wandte sich dann schneller ab, es war ihm unangenehm, zu viele Augenpaare, die ihn entdecken konnten, die ihm vorwurfsvolle oder fragende oder neugierige Blicke zuwerfen konnten.

Es gab selten einen wirklichen Grund in diese Ecke des Gartens zu gehen, mit dem Rasenmäher vielleicht, aber dann gab es keinen Grund innezuhalten und über die Mauer zu schauen. Und der Rasen wuchs sehr langsam hier, unter dem großen Nadelbaum, der mehr Schatten produzierte, als ihm lieb war. Viele Fragen gingen ihm durch den Kopf. Wer war sie? Was machte sie? Was schrieb sie? Sollte er sie grüßen, ihr zuwinken? Wenn sie dort saß und aß, entdeckte sie ihn meistens, blieb ruhig sitzen und sah zu ihm hin, das verwirrte ihn, störte ihn, er tat nichts Verbotenes und doch fühlte es sich so an. War es unanständig, über die Mauer in Nachbars Wohnung zu blicken? Sie zu beobachten? Wenn sie keine Vorhänge oder Gardinen hatte, den Blick frei gab, durfte man dann schauen, zuschauen? Er schlich in die hintere Ecke seines Gartens, warum schlich er eigentlich? Er warf einen Blick über die Mauer, schaute zum Fenster, zu dem Tisch und erstarrte. Dort stand sie. Am Fenster. Und starrte geradewegs zu ihm hin. In sein Gesicht. Es dauerte eine kleine Weile, bis er ihn schaffte, den Schritt nach links, mit rotem Kopf, verwirrt, ertappt und gar nicht wusste, warum.

Die Schreibblockade

Sie schlich ganz langsam, sehr vorsichtig und lautlos zu der Tür und steckte langsam den verbotenen Schlüssel in das Schloss. Mit aller Kraft versuchte sie dann, ihn darin zu drehen. Er rührte sich nicht. Genauso wie die anderen Male zuvor. Aber diesmal würde sie nicht aufgeben. Wieder und wieder versuchte sie es, schob ihn ganz, fast ganz oder nur halb ins Schloss, drehte nach rechts oder nach links, sachte, gefühlvoll oder mit so viel Gewicht und Kraft sie nur aufbringen konnte, ruckelte, presste. Schweißperlen standen auf ihrer Stirn. Das lange blonde Haar fiel ihr unordentlich ins Gesicht, sie strich es hinter ihre Ohren. Dann verschleierten Tränen ihren Blick. Tränen des Zorns und der Verzweiflung. Die Tränen suchten sich einen Weg über ihre Wangen. Sie wischte sie mit dem Handrücken weg. Sie ließ sich Atem holend gegen die Tür fallen, mit dem Rücken, um an ihr herunter zu rutschen und sich auf den Boden zu kauern. Dabei schlug sie mit dem Ellbogen gegen die Klinke. Die Tür sprang auf.

Augenblicklich waren Zorn und Verzweiflung weg. Fassungslos blickte sie auf den Spalt, der sich auftat. Die Tür war nicht verschlossen gewesen! Die ganze Zeit über war der Schatz zum Greifen nahe gewesen. Sie hatte sich bemüht, ein Hindernis zu überwinden, das gar keins war. Sie holte tief Luft und dann spürte sie auch schon wieder diese Neugierde in sich, die Neugierde, die sich nicht bezwingen ließ, sie immer wieder angetrieben hatte. Entschlossen stieß sie die Tür auf und tastete nach einem Lichtschalter. Ihre Schatzkammer. Endlich war sie am Ziel ihrer Träume angekommen, endlich war ihr der Zugang zu ihrer Schatzkammer gelungen!

Licht durchflutete den Raum, sie hielt den Atem an und kniff die Augen zusammen, um sie schnell wieder voller Staunen aufzureißen: Welche Pracht, welch unglaubliche Vielfalt, welch ein Reichtum! An allen Wänden Regale, von oben bis unten gefüllt, bis zum letzten Winkel, auf dem Boden Unmengen an Kisten und Schachteln, große und kleine, aus Holz, aus Metall, aus Blech und aus Pappe, dazwischen Truhen, schlicht oder reich verziert, alle gefüllt bis zum Überlaufen. Nie wieder würde sie zu wenig davon haben, nie wieder würden sie ihr fehlen, hier waren sie im Überfluss, mehr, als sie jemals verbrauchen konnte, in allen Größen, in allen Formen, in allen Farben, in allen Sprachen – WÖRTER!

Das Foto

Es ist das letzte Foto, auf dem wir alle zu sehen sind. Plötzlich liegt es in meinen Händen und etwas erschrocken betrachte ich es. Ich hatte es nicht vermutet in dem Stapel an Briefen, den ich gerade durchsehe. Ich lege ihn zur Seite, den Stapel, und lasse zu, dass die Erinnerung mich einholt. So schmerzlich fühlt sie sich zunächst an, dass sich meine Augen mit Tränen füllen. Elena, denke ich und streichle ganz behutsam und langsam mit dem kleinen Finger meiner rechten Hand über das Gesicht von Elena, rechts auf dem Foto. Ihr Lächeln. Die Tränen suchen sich einen Weg über meine Wangen. Ich wische sie mit dem Handrücken weg. Wie sehr war ich in Elena verliebt gewesen! War es noch immer, wenn ich ehrlich zu mir war. Sie wusste es nicht und sollte es nie erfahren. Denn Elena hatte beschlossen, uns zu verlassen. Uns alle. Nicht nur ihren Klaus; da sitzt er, nichts ahnend, denke ich, neben ihr auf diesem Foto. Nein, uns alle. Warum hatten wir nichts gemerkt? So perfekt spielten wir alle unsere Rollen, gestalteten unsere Treffen, erzählten uns aus unserem Leben, dass niemandem etwas auffiel. Keiner hatte etwas geahnt, keiner hatte sich vorstellen können, dass uns etwas trennen könnte. Außer Elena. Ein Leben ohne Elena – es war gar nicht vorstellbar gewesen. Ich kannte sie doch schon immer, zusammen waren wir in den Kindergarten gegangen, wir Nachbarskinder, dann auf die Mädchenschule. Wir hatten gemeinsam die Diskos der Umgebung erkundet und den Jungs die Köpfe verdreht. Ziemlich gleichzeitig hatten wir Klaus und David kennengelernt. Wir waren unzertrennlich. Dachten wir. Elena hatte sich getrennt. Und uns, uns hatte sie auch getrennt, denn nichts war wie vorher. Eines Tages war sie einfach weg. Klaus denkt bis heute, sie hätte ihn wegen eines anderen Mannes verlassen, aber das ist nicht wahr. Einmal hat sie mich noch angerufen und nur ich weiß es: es ist eine Frau. Und ich bin so unendlich traurig, dass ich es nicht bin.

Besuch bei Omi

Ich klopfte mir den Schnee von den Stiefeln und öffnete die Tür. Eine wollige Wärme kam mir entgegen und hüllte mich ein. Mit Freude schloss ich die Tür schnell hinter mir und schlüpfte aus den Stiefeln. Während ich meine blauen Wollhandschuhe auszog und die kalten Hände rieb, warf ich einen kurzen Blick auf das Bild an der Wand, eine gerahmte Fotografie. Klaus und Elena waren darauf zu sehen. Omi hatte es nie abgehängt, Klaus hatte sich nie darüber beschwert. Dann öffnete ich die Tür zur Stube und rief: „Ich bin wieder da, Omi!"

Omi saß am Tisch und lächelte mir zu. „Kind, komm, trink etwas Tee, du musst dich aufwärmen!"

Ich hängte meine Jacke über die Stuhllehne und setzte mich zu Omi. Sie goss Tee in einen Becher und reichte ihn mir. Ich umfasste den Becher mit beiden Händen, um sie zu wärmen und hielt meine Nase über den dampfenden Tee. Er roch nach Kräutern, nach Holunder und Zimt. Ich schloss kurz die Augen. Im Ofen prasselte ein Feuer, das Holz knackte, die Flammen knisterten. Omi stand auf und ging hinüber, um Holz nachzulegen. „Wo ist denn Opa?", fragte ich.

„Er muss gleich kommen", sagte Omi, „dann können wir essen. Ich habe Kürbissuppe gekocht und Brot gebacken."

Ich lehnte mich zurück auf meinem Stuhl und trank vorsichtig von dem heißen Tee. Wärme durchströmte mich. Wärme umhüllte mich. Ich schloss die Augen erneut. Ich glaubte, das Brot, das Omi gebacken hatte, riechen zu können. Als ich die

Augen wieder öffnete, spürte ich die Kälte. Dunkelheit hüllte mich ein. Der Ofen schwieg. Der Stuhl war hart. Der Becher leer. Omi war nicht da. Ich schluckte die Tränen hinunter und begann Feuer zu machen. Und dann kochte ich Tee.

Eine ungewöhnliche Freundschaft

1.

„Es gibt Dinge im Leben, die passieren einfach. Man versteht sie nicht, kann den Sinn nicht erkennen, man stellt nur verwundert fest: Merkwürdiger Zufall! Und irgendwann im Leben, vielleicht erst viel später, beginnt man zu verstehen und stellt noch verwunderter fest: Das war gar kein Zufall. Das musste so sein. Auf merkwürdige Weise haben sich die Dinge entwickelt, irgendjemand hat das richtig geschickt eingefädelt. Ja, genauso geht es mir gerade. „Zufällig" habe ich Hanan kennengelernt, das ist jetzt genau fünfzehn Monate her. Und nun bin ich hier, in Doha, der Hauptstadt von Katar."

Das sollte im Vorwort ihres Buches stehen. Lina lehnte sich zurück und strich sich eine Haarsträhne aus dem Gesicht. Und dann würde sie über ihre Freundschaft schreiben. Wie sie Hanan kennengelernt hatte. Der überraschende Anruf. "Do you teach German?", damit hatte alles angefangen. Die Kosmetikerin, eine junge Polin, hatte ihre Nummer weitergegeben, und Lina hatte es bestätigt und der Frau am anderen Ende der Leitung an jenem Dienstagvormittag gegen 11.00 Uhr ihre Adresse und einen Termin für Donnerstag gegeben.

Und auf dem Buchrücken sollte stehen: Zwei Frauen, die anscheinend nichts gemeinsam haben. Der Altersunterschied ist groß, eine von ihnen ist ledig, die andere geschieden und hat vier Kinder. Nationalität und Religionszugehörigkeit sind unterschiedlich. Und dennoch werden sie Freundinnen und entdecken, dass sie mehr gemeinsam haben als sie dachten, vor allem ihre Leidenschaft fürs Schreiben…

War das gut? Aussagekräftig? Sie musste das mit der Lektorin besprechen.

LET`S MEET IN QATAR, so hieß das Buch, an dem sie schrieb. Eine ungewöhnliche Freundschaft. Aber viel wichtiger war zurzeit die Übersetzung. Fast fertig. Sie blickte auf das Buch, das neben ihrem Laptop auf dem Schreibtisch lag. Die Hand, die eine rote Blume pflückt. Der arabische Schriftzug. Sie würde es hochhalten und lächeln. Und dann von ihren Aufenthalten in Katar berichten und – lesen.

2.

Manchmal kostet es Lina ein bisschen Überwindung, sich nach einem langen Arbeitstag auch noch der Übersetzung zuzuwenden. Aber sie hat es sich vorgenommen: jeden Tag mindestens eine Seite. Und sie weiß auch: wenn sie einmal angefangen hat, nimmt der Text sie gefangen und sie kann nur schwer wieder aufhören. Sie ist jetzt bei Seite 95 und freundlich führt ihr Computerprogramm sie genau an die Stelle, an der sie am Vortag aufgehört hat. Der Herbst ist fast zu Ende. Im Buch. Hanan hat ihre Geschichte in vier Teile gegliedert, jeden Teil mit einer Jahreszeit überschrieben. Sie war fasziniert gewesen von den vier Jahreszeiten, als sie in Bonn lebte, vor allem vom Herbst. Ein Fotobuch mit Herbstbildern war ihr Gastgeschenk gewesen, bei ihrem ersten Besuch in Katar. Dort gibt es nur Sommer und Winter. In Katar gibt es keinen Herbst. Und keine Wälder.

Die Stelle hier, kurz bevor der Winter anfängt, eignet sich gut, überlegt Lina aufgeregt. Sie sucht ja noch nach der passenden Stelle, die sie vortragen kann, bei der Lesung, zu der sie eingeladen worden war. „Bonn im Buch" heißt das Thema, und ja, hier war Bonn im Buch und diese Stelle würde passen, die Hauptfigur sitzt im Bus und fährt von Bad Godesberg nach Bonn zur Sprachschule. Eine junge Frau aus der Wüste Katars, die ihre Schwester begleitet hat, die hier in der Uniklinik medizinisch betreut wird. Und während sie, die zuvor noch nie alleine öffentliche Verkehrsmittel benutzt hat, ja, noch nie im Ausland war und schon gar nicht ohne Begleitung unterwegs, sich nun langsam zurechtfindet, begegnet sie vielen Menschen und macht so manch aufregende Erfahrung. Hier sitzt sie also im Bus und beobachtet die Mitreisenden, macht sich Gedanken über die Kindheit in den beiden Ländern. Wie anders hier alles war! Die teuersten modernen technischen Geräte zu besitzen war für Kinder in reichen Ländern wie dem ihrigen das Wichtigste geworden, und ihre Mütter würden sogar selbst losrennen, um die neusten Versionen solcher Geräte auf dem Markt zu kaufen, um ihre Kinder damit zu unterhalten. Deutschland hingegen, obwohl es eine lange Geschichte hat, was die Erfindung und Einführung von neuer Technologie in der Welt angeht, lädt seine Kinder ein, die Natur und das Land mit den eigenen Händen zu erforschen, statt sie in tragbare Bildschirme starren zu lassen – etwas, wodurch Menschen unnahbar werden und liebenswerte Momente mit Menschen verpassen, sinniert die Autorin.

Ist das so? Ist das nicht zu undifferenziert, fragt sich die Übersetzerin. Doch es ist die Sicht dieser Protagonistin und sie will ja nur übersetzen. Aber dann reist Lina in Gedanken zurück nach Katar, fährt im Auto mit Hanan quer durch die Wüste; lass uns einen Ausflug machen, nicht nur arbeiten, auch mal etwas Anderes sehen als die Großstadt, weg vom Schreibtisch. Flamingos an der Nordküste, Kamele im Inneren der Wüste und dann die riesigen Baustellen – für die Fußball WM. Sie ist eine gute Autofahrerin, die Freundin.

Lina schiebt die Erinnerungen zur Seite und schaut wieder auf den Text am Bildschirm. Jetzt wird die Hauptfigur bald den jungen Mann kennenlernen. Vielleicht sollte sie besser aus der Liebesgeschichte eine Passage vorlesen? Es wurde so schön deutlich, wie unterschiedlich die Kulturen waren, was man als Frau durfte und was nicht, sich von einem Mann zu einem Kaffee einladen lassen, wie ungehörig, Zurückhaltung und Schüchternheit waren die gewünschten Eigenschaften eines jungen Mädchens. Oder doch die Stelle, als die Katari ein Gespräch ihrer arabischen Landsleute zufällig mithört, wie sie sich damit rühmen, dass sie arabischen Touristen das Geld aus der Tasche ziehen, von wegen, „Wir sind alle Brüder!" Sie selbst wird gezwungen, sich eine neue Wohnung zu suchen oder eben ab sofort die doppelte Summe an Miete zu zahlen. Und sie weiß ja, dass diese Stelle nicht Fiktion ist, sondern autobiographisch. Nun, es gibt überall gute und schlechte Menschen, in jeder Gesellschaft Habgier und Neid, oder nicht? Und Lina selbst hat sich so wohl gefühlt in Katar und so sicher! Sie war nur freundlichen, interessierten und hilfsbereiten Menschen begegnet, sie hatte die friedliche Atmosphäre genossen. Bevor die Erinnerungen sie wieder ablenkten – zurück zum Text. Es gab so viele Stellen, die sich eignen würden, um einen Blick auf die arabische Kultur zu werfen.

Arabisch? Muslimisch? Katarisch? Sie hatte ja keine Ahnung gehabt, bevor sie Hanan kennengelernt hatte. Die arabischen Länder: es war alles gleich gewesen und weit weg. Und dabei gab es so riesige Unterschiede zwischen den einzelnen Ländern der arabischen Welt, so viel hatte sie erfahren und lernen dürfen. Und genau das war der Grund, warum sie das Buch ins Deutsche übersetzte. Als sie zusammen in dem neuen riesigen Bibliotheksgebäude, The National Library, in Doha gewesen waren und Ansprechpartner gesucht hatten bei der deutsch-katarischen Gesellschaft, als die Überarbeitung der englischen Übersetzung des Buches der Freundin fast fertig war, da hatte sie den Entschluss gefasst. Und abends, als sie in der Dunkelheit am Strand saßen, hatte sie es Hanan vorgeschlagen: weißt du was, ich übersetze dein Buch ins Deutsche. Ich will, dass auch andere es lesen können. Die Menschen in Bonn zum Beispiel. Und in dem bisschen Licht, dass die Laternen der Strandbar spendeten, sah sie Hanans Augen leuchten.

Jeden Tag eine Seite. Du kannst alles mit meinem Buch machen, hatte ihr Hanan beim Abschied gesagt. Noch immer träumten sie davon, gemeinsam zu schreiben. Sie beide, ein lebendes Beispiel für die deutsch-katarische Freundschaft. Wer weiß, eines Tages…

„Good news! Ich kann aus der Übersetzung lesen, stell dir das vor!", schreibt Lina der Freundin. „Kannst du mir eine arabische Ausgabe schicken?" Sie erhält keine Antwort. Zwei Tage später erhält sie eine E-Mail aus Katar. In distanzierter Sprache erklärt ihr Hanan, sie habe mit dem Kultusministerium über die Übersetzung gesprochen. Man habe ihr zugesagt, sich um die Übersetzung ins Deutsche zu kümmern, jetzt oder später. Sollte ihr etwas zustoßen, würden die Rechte an ihren Büchern auf das katarische Kultusministerium übergehen. Man wolle Streitigkeiten über Rechte mit Personen aus anderen Ländern vermeiden. Es tut mir leid, schreibt sie, ich wusste nicht, dass es solche Gesetze hier gibt.

Fassungslos starrt Lina auf die Worte. Ich versteh das nicht, murmelt sie. Wieso Rechte? Sie liest die Nachricht erneut. Und ein drittes Mal. Ich will keine Rechte. Meine Übersetzung ist doch ein Geschenk. Ich will auch kein Geld. Ich will einfach dieses Buch auf Deutsch. Sie greift zum Handy, um Hanan anzurufen. Nein, nicht erreichbar. Hastig formuliert sie eine Antwort auf die E-Mail. Was heißt das, fragt sie. Darf ich nicht weiter übersetzen? Darf ich nicht aus der Übersetzung vorlesen? Möchtest du nicht, dass ich deinen Namen erwähne? Was ist los??? Drei Fragezeichen. Keine Antwort. In der Nacht schreibt sie noch eine Nachricht über WhatsApp. Keine Antwort. Auch nicht am nächsten Tag. Lina sagt Gabi und Rainer ab, die sie zu Kürbissuppe und selbstgebackenem Brot eingeladen haben, nein, sorry, ich fühle mich nicht wohl.

Noch eine Nacht, in der sie kaum schlafen kann. Was ist passiert? Glaubt die Freundin plötzlich, sie will sich bereichern? Warum hat sie kein Vertrauen mehr? Geht es darum, ums Vertrauen? Weißt du noch, schreibt sie in einer Kurznachricht, als du sagtest, ich könne mit dem Buch machen, was ich wolle? Ich will kein Geld, keine Rechte, und es ist mir egal, wenn ich umsonst übersetzt habe und nicht lesen werde. Alles was für mich zählt, ist unsere Freundschaft.

Am nächsten Tag dann, endlich, eine WhatsApp-Nachricht. Kurz. Keine Anrede. Keine Schlussformel. „Ich hatte am Sonntag einen Autounfall. Ich melde mich. Gib mir etwas Zeit."

3.

Da war Shina. Lina ging der kleinen Koreanerin entgegen. Shina war eine Freundin von Hanan, vor kurzem zurückgekehrt von ihrem Urlaub in Katar. Ihr hatte sie zu verdanken, dass sie nun doch ein arabisches Exemplar hatte. Und einen Brief von Hanan. Die unzensierte Wahrheit. „Wie schön, dass Du gekommen bist, Shina! Willst Du Dich nicht nach vorne setzen? Ich hoffe, die Lesung gefällt Dir."

Haus am See

Erinnerung an einen perfekten Sommer, den es nie gab. Du warst da und hast mich verwöhnt, mit Aufmerksamkeit, mit unglaublich leckeren Gemüsegerichten und mit Gesprächen, wenn mir nach reden war. Meistens war mir nach schreiben.

Ich saß im Garten, am See oder auf der Holzbank am Häuschen und füllte ein leeres Blatt nach dem anderen mit zögernden Buchstaben oder mit heftigen „Satzgewittern", dann, wenn die Worte schneller kamen, als der Stift sie festhalten konnte. Meine Satzgewitter, und du lächeltest. Es gab auch richtige Gewitter in jenem Sommer, der sehr heiß war, manchmal zu heiß, und der nur auszuhalten war, weil du mir eisgekühlte Getränke serviertest und mich mit Streicheleinheiten verwöhntest, weil ich alles konnte und nichts musste. Zwischen uns gab es keine Gewitter. Es gab Blicke, es gab die kurzen Spaziergänge, es gab die Badepausen, und immer bestimmte ich, denn Pausen beim Schreiben machen zu müssen ist tödlich und immer legte ich fest, wann Pause sein durfte.

Wenn ich nicht den Stift in meiner Hand hielt, dann hielt ich deine Finger, deine Hand in meiner, und ich wünschte mir, dieser Sommer im Häuschen am See mit dir würde ewig dauern. Ein Leben mit Sonne, Stift und mit deiner Nähe, mit Blick aufs Wasser, mit Sehnsucht nach Untertauchen im klaren kühlen Nass und Eintauchen in Erinnerungen und Worte und Sätze und Schriftbilder. Dass du da warst, gab mir Kraft. Die Sehnsucht trieb mich an. Ich konnte alles genießen, das Schreiben und das Nicht-Schreiben, das Lesen in dem wunderschönen Buch mit dem Titel LET`S MEET IN QATAR, das gelegentliche Glas Wein, unsere endlosen Gespräche in der Dunkelheit, den Kaffee am Morgen, wenn die Sonne noch müde und nicht so heiß war, die kräftigen Gewitter am Nachmittag, die alles auslöschten und oft in der Nacht verschwanden; nicht spurlos, sie hinterließen Regenpfützen, vereinzelte Regentropfen und Regenerinnerungen. Es gibt keine Fotos von jenem Sommer, aber jede Menge Bilder, Bilder in meinem Kopf, Erinnerungen an jenen perfekten Sommer, den es nie gab.

Die Schlittschuhläuferin

Es war bitterkalt an diesem Abend, wieder oder immer noch, seit Tagen schon jammerten die Menschen über die Kälte, über den Winter, aber das Wetter konnte es ihnen ja nie recht machen, dachte er und zog die Fellmütze tief über die Ohren. Er war müde, aber er würde seine Gewohnheit nicht aufgeben, nein, er brauchte diesen Spaziergang am Abend, wie andere ihr Glas Bier oder ihre Nachrichtensendung im Fernsehen zur gewohnten Zeit, jeden Abend ging er hinaus, und das schon seit vielen Jahren, anfangs gezwungenermaßen, klar, der Hund musste raus, und dann lernte er diese Abendspaziergänge schätzen, fing an, sie zu genießen. Und auch als Emi krank wurde und ihn mehr und mehr brauchte, schaffte er es jeden Abend, eine Runde zu drehen, oft war er jetzt klein, dieser Spaziergang; er ging schnell, es drängte ihn, er ließ sie nicht gerne allein. Und auch wenn er sie nicht wirklich genießen konnte, in jener Zeit, er brauchte sie, diese Abendspaziergänge und als Emi ihn verließ, brauchte er sie noch dringender, hielt fest an diesem Ritual und mittlerweile war auch der Hund nicht mehr da und er ging immer noch, jeden Abend ging er eine Runde. Es war nicht immer die gleiche, nein, er ging wohin es ihn führte, zum See oder über die Felder, am Waldrand entlang oder Richtung Mühle; manchmal dauerten diese Spaziergänge Stunden. Im Sommer genoss er die lauen Abende, das Abendlicht, hörte in der Ferne Lachen und Musik, die Menschen hielten sich im Freien auf. Im Herbst verzauberten ihn die bunten Blätter, jedes Jahr aufs Neue war er fasziniert von den Veränderungen. Im Winter dann ging er durch die Dunkelheit, bewunderte die Sterne, manchmal lag Schnee, aber auch das störte ihn nicht, nicht der

Regen, nicht mal ein Sturm. Und im Frühling ergriff ihn eine Unruhe, ein erneutes Staunen, wenn alles wieder erwachte aus dem Winterschlaf, nein, nie würde er sich wirklich daran gewöhnen, jedes Jahr war er wieder von Neuem erstaunt, fasziniert und begeistert – und dankbar.

Der Frühling ist nicht mehr weit, dachte er, wenn diese Eiseskälte vorbei ist, kommt der Frühling und ich, ich darf wieder einen Frühling erleben.

Als er den See erreichte, fühlte er sich merkwürdig erschöpft. Aber es gab eine alte Holzbank und er beschloss, sich kurz hinzusetzen. Er blickte über die Eisfläche, meinte, am anderen Ufer das Haus am See zu sehen. Es war nur undeutlich zu erkennen, es sah aus, als sei es in Nebel gehüllt. Er starrte auf das Eis, das im Mondlicht glitzerte. Und dann sah er sie. Die Schlittschuhläuferin. Sie trug einen roten Schal und eine rote Mütze und ihre Bewegungen auf dem Eis waren so gleichmäßig, so elegant, dass er den Atem anhielt. War sie wirklich oder träumte er?

Er dachte an Emi. Schlittschuhlaufen war ihre Leidenschaft gewesen, als sie jung war, ungeduldig hatte sie gewartet, dass der See im Winter endlich zufror und er hatte ihr bewundernd zugeschaut, wenn sie ihre Schlittschuhe anzog und festschnürte und dann losfuhr. Sie war so fröhlich gewesen auf dem Eis, manchmal war sie plötzlich weg, er hatte sie aus dem Auge verloren, während sie ihre Kreise zog, auf der kleinen Fläche, wo so viele sich tummelten, kreisten, torkelten, ausglitten und dann war sie plötzlich wieder da, ihre Zöpfe flogen, ihr Gesicht war rot vor Kälte – und vor Freude.

Sie fuhr Kreise, die Schlittschuhläuferin, kleine und große, wechselte die Richtung, und sie lächelte, die ganze Zeit über lächelte sie, und jetzt blieb sie stehen und fing an, sich zu drehen, auf der Stelle drehte sie sich, immer schneller, ihre Zöpfe flogen und jetzt streckte sie die Hände hoch in den Sternenhimmel und wurde langsamer. Bewundernd beobachtete er, wie sie wieder zum Stehen kam. Sein Atem war flach. Plötzlich merkte er, wie kalt ihm war. Aber er konnte den Blick nicht von ihr nehmen. Die Schlittschuhläuferin. Sie lächelte ihm zu. Oder bildete er sich das ein? Er dachte wieder an Emi. Sie hatte oft den Kopf geschüttelt, wenn er abends zu seinem Spaziergang aufbrach. „Du wirst dir noch den Tod holen", hatte sie gesagt, wenn es geregnet hatte oder geschneit, oder wenn es bitterkalt war. Aber sie hatte ihm Tee gekocht, und den hatten sie anschließend gemeinsam getrunken und er hatte ihr von seinen Eindrücken erzählt, die er gesammelt hatte auf den Spaziergängen und sie hatte seine Hand gestreichelt und ihn angelächelt.

Konfetti

Lucy legte die Zeitschrift, die sie lustlos durchgeblättert hatte, wieder auf den niedrigen Tisch an der gegenüberliegenden Wand, sie konnte sich sowieso auf nichts konzentrieren. Ihre Hände verschoben sich ineinander, drehten sich, lösten sich, der rechte Daumen strich immer wieder über den linken Handrücken, dann falteten sich die Hände, sie schien nicht zu bemerken, was ihre Hände da taten, sie rutschte auf ihrem Platz hin und her, beschloss dann sich damit abzulenken, die anderen Wartenden hier in der großen Halle neben den Treppen auf ihren orangefarbenen Plastikschalen genauer zu betrachten. Eine alte Frau saß steif und mit unbeweglichem Gesicht genau ihr gegenüber. Sie sah müde aus und hatte den roten Schal zwar losgebunden, aber nicht abgelegt. Der alte Mann neben ihr hatte Kummerfalten im Gesicht, er wirkte unruhig und besorgt, blickte immer wieder zu der Frau. Seine Frau, dachte Lucy. Gelegentlich strich er langsam und zärtlich über die rechte Hand der Frau. „Alles wird gut, Emi", flüsterte er und sie reagierte mit einem kleinen Lächeln und einem halben Nicken und einem flüchtigen Blick in seine Richtung. Er nahm ihre Hand in seine und hielt sie fest. Der Platz neben ihm war leer. An der linken Seite saßen eine alte Japanerin, die einmal hübsch gewesen sein musste, und eine noch junge Frau mit einem bunten Tuch um den Kopf. Es verbarg ihr Haar – wenn sie noch welches hat, dachte Lucy. Wie sehr sie dieses Warten hasste. Wie sehr sie die Kontrolluntersuchungen hasste. Immer wieder neu zu entscheiden, nichts zu entscheiden. Und wie sehr sie diese schwere graue Stimmung in dieser Warteecke des Krankenhauses hasste! Daran konnte auch das grellbunte Gemälde an der Wand nichts ändern. Als ihr Name aufgerufen wurde, zuckte Lucy zusammen, sprang auf und griff ihre Handtasche. Der Arzt, der ihr kurz danach gegenübersaß, war ein junger Mann mit hellbrauner Haut und schwarzem Haar, der zunächst gar nichts sagte, sondern Lucy nur aufmerksam ansah, bis der alte Arzt dazukam, den Lucy von den anderen Kontrollterminen her kannte. Dieses Nichtssagen machte Lucy ganz nervös. Sie hatten wohl nicht ausgemacht, wer ihr die Nachricht mitteilen solle. Sie wollte „und?" fragen, brachte aber keinen Ton heraus. Es sah wohl nicht gut aus. Lucy schluckte. Der Schwarzhaarige räusperte sich.

„Er ist weg", sagte er. Lucy hielt die Luft an. „Er ist weg", mischte sich der alte Arzt ein, der einen Stuhl herangezogen und Platz genommen hatte. „Und wir können uns das gar nicht erklären." Zwei Augenpaare waren auf Lucy gerichtet, fast vorwurfsvoll. Aber in ihrem Kopf hallte es unentwegt wider, er ist weg, er ist weg, er ist weg! „Wir hatten vorgehabt, Ihnen jetzt doch zu einer Operation zu raten, kein Risiko mehr einzugehen", hörte sie den alten Arzt wie durch einen Nebel sprechen, er ist weg, er ist weg, er ist weg!, „und wir denken, wir sollten vielleicht trotz allem bestrahlen", der junge Arzt nickte schweigend zweimal seine Zustimmung, er ist weg, er ist weg, er ist weg! Auf Lucys Gesicht breitete sich ein Lächeln aus, wurde zu einem Grinsen, zu einem Strahlen. „Können Sie uns vielleicht sagen, was Sie…" Nein, Lucy wollte nichts sagen, nicht hier und nicht jetzt und nicht zu diesen Herren in Weiß, und sie wollte auch nicht bleiben, sie wollte einfach nur weg, ganz schnell weg, ganz schnell Bettina, ihre Heilpraktikerin anrufen, und Andreas wollte sie anrufen, der so gerne mitgekommen wäre, und sie wollte rufen: „er ist weg, er ist weg, er ist weg!", sie wollte es jedem zurufen, jedem, den sie traf, diese Worte zuwerfen, sie wollte diese Worte in die Luft werfen wie Konfetti, „er ist weg, er ist weg, der Tumor ist weg!"

In der Ferne hält ein Zug

Sie sitzt draußen auf ihrer Terrasse. Ein frischer Sommerwind besucht sie im Schatten des Morgens. Wolkenlos der Himmel. In der Ferne hält ein Zug mit quietschenden Bremsen. Der Wind weht das Geräusch zu ihr und sie stellt sich die Leute vor, die ein- und aussteigen. Auch in meinem Leben steigen Leute ein und aus, denkt sie. Der Zug ihres Lebens. Und neben ihr die Kiste mit den Erinnerungen. Das Haus am See, der Tumor und dieser junge Arzt, mit hellbrauner Haut und schwarzem Haar, der besser schweigen als reden konnte, Fotos von Omi, von Elena, Klaviernoten. Bilder, Worte, Gedanken, Farben, Gefühle. Sie schließt die Kiste. Dankbar für alles, was war. Aus Gewohnheit Erwartungen erfüllen. Nein. Es gab Zeiten, da hat sie Erwartungen erfüllt. Es wenigstens versucht. Zu sein, wie andere sie haben wollten. Sie hat brav gelächelt, sie war bescheiden, nein, nicht das große Stück vom Glück, sie hat Worte brav heruntergeschluckt oder unzutreffende Antworten gewählt. Sie hat sich verleugnet und versteckt. Sie hat Enttäuschungen nicht gezeigt und Tränen nicht geweint. Sie hat ihr inneres Kind nicht getröstet und sich im Spiegel nicht zugelächelt. Sie hat ihr Potential nicht entfaltet, wie manche Pflanze, die zu wenig Wasser hat und nicht blühen kann. Das ist jetzt anders. Sie durfte lernen und lesen und sich kennenlernen. In den Zug ihres Lebens stiegen und steigen neue Menschen ein. Andere verlassen den Zug, auch langjährige Begleiter. Sie blickt ihnen voller Dankbarkeit nach. Das Wetter wird immer besser auf ihrer Reise, es wird sonniger und wärmer und liebevoller. Gelegentliche Gewitter machen ihr klar, wo es noch etwas zu lösen und zu lernen gibt. Mit Hilfe von weisen Lehrern und liebevollen Freunden und

Freundinnen heilt sie ihr Herz. Und sie schreibt. Sie ist ein Beobachter ihrer Gedanken und Gefühle, und manchmal lässt die geistige Welt Worte durch ihren Stift aufs Papier fließen, Worte, mit denen sie die Herzen anderer berühren darf. Es ist nicht der Applaus oder das Lob, es sind die Blicke der Menschen, die ihr Herz berühren. Im Laufe der Zeit hat sie die Dinge, die sie nicht mehr braucht, in einen Koffer gepackt, ihre Selbstzweifel, ihren Perfektionismus, ihr Misstrauen, ihre Ängste, ihr Mangeldenken. Nur ihre Traurigkeit, die ist manchmal so groß, dass sie nicht in den Koffer passt. Das darf sein. Wenn ich zur Sonne blicke, fällt der Schatten hinter mich, sagt sie sich. Sie reist mit leichtem Gepäck. Es gibt nur eins, worauf sie nie verzichten möchte: Papier und Stifte.

Eine Durchsage, der Wind trägt die Worte an ihr Ohr. So laut: der Zug fährt ab. Es geht weiter. Sie sagt Lebwohl. Und dann ist sie …

…weg.

Die Sonne malt Lichtbilder.

In der Ferne glitzert eine

wunderbunte Zukunft.

(Beate Fuhrmann)

Ich schreibe

Ich schreibe morgens, mittags und abends, morgens immer. Ich schreibe oft, manchmal und nie nie. Ich schreibe, weil ich das brauche wie essen und trinken, weil ich das liebe, mehr noch als tanzen und lesen. Ich schreibe meistens mit Bleistiften. Ich kann zusehen, wie sie kleiner werden nach jedem Schreiben, bei jedem Spitzen – ich schreibe meine Stifte klein. Kann mich dann so schlecht von ihnen trennen. Wann ist ein Bleistift unbrauchbar? Wann darf ich mich den langen, neuen, spitzen Bleistiften zuwenden?

Ich schreibe auf Papier, auf liniertes, obwohl blanko das Beste ist, keine Linien, die mich einengen, deswegen nie kariert. Und nicht zu klein, das Heft, der Block. Ich schreibe, weil es mir dann besser geht. Ich schreibe, wenn es mir besser geht. Und wenn es mir nicht gut geht, schreibe ich auch. Wenn ich traurig bin oder deprimiert, hilflos oder ärgerlich, betrübt, besorgt - und wenn ich glücklich bin oder überglücklich, sogar wenn ich sprachlos bin vor Glück, wortlos vor Freude, schreibe ich. Ich schrieb gestern, ich schreibe heute, ich werde morgen schreiben. All die Worte, die geschrieben werden wollen, müssen, dürfen. Ich schreibe bei Sonne, bei Regen, bei Wind, drinnen oder draußen. Ich schreibe mit anderen und ich schreibe alleine. Ich schreibe schnell, meistens ohne Stocken, ohne nachzudenken, ich schreibe kreativ, ich schalte den Verstand aus und schreibe mit dem Herzen; der Verstand, der innere Kritiker und der Perfektionist in mir, die haben dann frei, die kommen erst später wieder zu Wort, vielleicht. Ich schreibe und schreibe. Im Winter, im Sommer, im Frühling, im Herbst. Im Wohnzimmer, im Schlafzimmer, im

Arbeitszimmer, im Café, in der Bahn. Ich schreibe und lasse mich sortieren von meinem Schreiben, inspirieren. Lasse mir helfen, mein Schreiben ordnet mein Leben und mein Leben beeinflusst mein Schreiben. Ich schreibe, wenn mir warm ist, oder kalt, wenn ich viel Zeit habe oder wenig, ich stehle mir jeden Tag Zeit zum Schreiben, Minuten, Stunden. Ich schreibe Worte und Sätze, Haupt- und Nebensätze, ich nutze Ellipsen und Anaphern, baue rhetorische Fragen ein, missachte die Rechtschreibung und die Zeichensetzung, erst einmal. Ich kombiniere und sortiere, lasse ungewöhnliche Verbindungen zu, greife zu Personifikationen. Ich schreibe unentwegt, seufzend, weinend, lachend; manchmal ignoriere ich meine Worte, mal poliere ich sie auf, verschenke sie. Ich trage Worte zu meinem Computer, um sie einzutippen, gebe ihnen Ergänzungen, verschönere sie, tausche sie aus. Ich liebe Worte. Ich spiele mit ihnen, ich kombiniere sie, ich sammle sie. Wortspielerei, ich schöpfe aus ungezählten Möglichkeiten. Ich schreibe Worte. Gestern, heute, morgen. Oft, manchmal, nie nie. Ich schreibe, weil ich ohne Schreiben nicht sein kann.

Beate Fuhrmann

Beate Fuhrmann ist Schriftstellerin, Lehrerin für Kreatives Schreiben und für Fremdsprachen, Auftragsschreiberin und freiberufliche Autorin. Zwei Leidenschaften – unterrichten und kreativ schreiben - konnte sie vor fast zehn Jahren zusammenbringen: Schreiben unterrichten! So bietet sie zum Kreativen Schreiben unter **ACTUARIA** regelmäßige Schreibtreffen an (auch im Freien) sowie Schreibwerkstätten und Seminare, auch in Verbindung mit Yoga, außerdem Schreibcoaching (Hilfe und Beratung bei Schreibprodukten und Schreibhemmungen) und Coaching durch Schreiben: >Die Antwort liegt in dir!<

Sie lebt in Bad Godesberg, schreibt Kurzgeschichten, Gedichte und Texte, die sie seit 2012 veröffentlicht. 2016 erschien ihr dritter Band mit Gedichten und Texten >Lass dich berühren< und Ende 2018 das Buch „Lieber Charlie: Briefe an mein Enkelkind". Gelegentlich veranstaltet sie Lesungen, mit und ohne Musik. Ihre Texte sind kurz, es entstehen Erzählungen, Gedankenspaziergänge, Kurzgeschichten und Gedichte.

www.actuaria-kreativ.de

Monatlichen Newsletter per E-Mail anfordern unter:

beate.fu@freenet.de